鏡の国のアリス

ルイス・キャロル

鏡の国のアリス

ロバート・イングペン 絵　杉田七重 訳

西村書店

Alice through the Looking-Glass, and What She Found There
By Lewis Carroll
Illustrated by Robert Ingpen

Created by Palazzo Editions Ltd, Bath, United Kingdom

Printed and bound in Japan

目 次

ルイス・キャロル（1832-1898）について

ルイス・キャロルはチャールズ・ラトウィッジ・ドッドソンの筆名である。1832年、イングランドはチェシャー州の田舎牧師の家に生まれた彼は、11人きょうだいの第3子で長男だった。キャロルは多能の人で——作家であり、数学者であり、当時屈指のアマチュア写真家でもあった。彼はまた発明をこよなく愛し、その斬新な発想から、暗い場所で書き物ができる装置や、封筒に封をするための両面テープなども生み出している。「chucle（くすくすわらう）」と「snort（鼻を鳴らす）」を合わせた「chortle」などの新しい言葉を好んでつくり、手品を披露し、変わったゲームを編みだし、現代のスクラブル（2人ないし4人でやる、語のつづり替えを競うゲーム）に似た原初的な言葉遊びや、ポケットのない円形のビリヤードテーブルをつかったゲームなども生み出した。また、なぞなぞやナンセンス詩の特別な技術を持つ語りの達人でもある。

キャロルは背が高く痩せており、吃音障害のせいで、大人たちのなかでは気後れし、自分を出せなかった。子どもといっしょにいるのが好きで、ゲームをしたり、お話を聞かせたりして幼い子たちを楽しませた。そしてそういう子どものなかに、アリス・プレザンス・リデルがいた。アリスはオックスフォードのクライスト・チャーチ学寮で学寮長を務めるヘンリー・リデルの三人娘のまんなかだ。キャロルはその学寮で勉強をしたあと、数学の講師になってそこに残った。

1862年の夏、キャロルは友人のロビンソン・ダックワースとともに、リデル家の三姉妹を連れてオックスフォードのアイシス川を手漕ぎボートで下っていき、川辺でピクニックを楽しんだ。この旅で、キャロルはアリスという女の子が主人公の物語を姉妹に初めて語ってた。のちにキャロルは、このときの話に新たな章を加えて、ひとつの物語にまとめる。最初につけたタイトルは『地下の国のアリス』で、その話を几帳面に手書きし、あらかじめとっておいた空白に、あとから37の挿し絵を入れた。できあがった本は1864年11月26日の木曜日に、「夏の日の記憶のなかにいる愛しい子どもへのクリスマスプレゼント」という献辞をつけてアリスに贈っている。

それからまもなく、この物語をもっと多くの子どもに届けるために出版しないかという話が出て、キャロルはそれを受けた。文章量を2倍にして、『不思議の国のアリス』とタイトルをつけ直したまではよかったが、挿し絵をどうするかという問題が残った。自分には挿し絵まで手がける力量はないと自覚していたものの、こういう絵にしたいという明確な意向があった。そこで有名な挿し絵画家であるジョン・テニエルに頼んで、自分の指示に従って新しく挿し絵を描いてもらうことにした。テニエルはキャロルの言うとおりに、長い髪のアリスを描いたが、「本物」のアリスの髪は黒く短かった。

この新しい本は1865年7月に出版される予定だったが、テニエルが「印刷の出来に失望」したために、大方が回収された。満足できる「初」版は1865年の末に登場したが、発行年の記載は1866年となっている。以来たちまちベストセラーになり、版が途絶えたことは一度もない。

一気に成功したこの本のおかげで、キャロルの人生はさまざまな点で変わった。懐に大金が入ってくるようになったが、クライスト・チャーチの講師の職は終生辞めなかった。また世界中の愛読者からファンレターも殺到した。ファンのなかにはあのヴィクトリア女王もいて、アリスの話がたいそう気に入ったために、次作は女王に捧げたらどうかと自ら提案したという。1871年の末、『不思議の国のアリス』の世界的なヒットに応えて、キャロルは続編を刊行した。

それが『鏡の国のアリス』で、最初の本と見事な対照を成している上に、どこまでも魅力的で、ナンセンスにあふれている。この物語は、“不思議の国”での冒険を終えた年の冬と思われる、気だるい午後に幕を開ける。外で雪が降るなか、アリスは愛猫ダイナの子猫と遊んでいて、それからまもなく、暖炉の上の鏡を通りぬけて、現実とは逆さまの奇妙な世界へ入こんでしまう。そこではチェスの駒が歩きまわり、花がしゃべるというように、何から何まで現実とちがうように見える。

『不思議の国のアリス』が出版されて以来、何年も、キャロルはアリス・リデルにチェスを教えていた――それで、『不思議の国』でトランプのイメージをつかったのと同様に、『鏡の国』では、チェス・ゲームのイメージをかなり大胆につかって話を組み立てていった。作品の冒頭（10 - 11ページ参照）にはチェスの棋譜に関する説明が置かれ、これに正しく沿って物語が展開していく。気がつくとアリスは奇妙なゲームに参加していて、生け垣や小川で区切られた巨大なチェス盤の土地の上を、女王になるべく疾走し、その途上で、いばりくさった赤の女王、混乱している白の女王、もの悲しくも心優しい白の騎士、トゥィードルダムとトゥィードルディー、ライオンとユニコーン、ハンプティ・ダンプティといった、奇妙奇天烈なキャラクターたちと出会う。本作にはまた、アリスの冒険そのものと同様、物語のなかで生き生きと動く、目をみはるようなキャラクターたちによって、よく知られるようになった「セイウチと大工」「ジャバーウォッキー」といった詩も登場する。

この作品には、「逆さま」の主題が貫かれている。これはキャロルが生涯を通じて気に入っていたテーマでもあった。鏡文字で手紙や物語を書くのが好きで、上下をひっくり返すと別のものに見える絵も描いたというキャロル。そういったものに心引かれるのは、彼が左利きだったことに関係があるとする説もある。『鏡の国』ではキャロルが欣喜雀躍して言葉遊びに没頭しているのが明らかであり、作家フィリップ・プルマンは、「アリスの物語はこれまでに書かれた最も偉大なナンセンス物語であり、わたしに言わせれば、最も意味深い物語である」と書いている。

アリス以前に出版された子ども向けの本は、道徳的かつ教訓的なものがほとんどだった。それとは対照的にキャロルのおどろくべき物語は、子どもが感情移入することのできる、子どもの視点に立った物語で、若い読者の想像力を大きくかきたてる。この作品は純粋に楽しむためのものであって、教訓的なメッセージはこめられていない。児童文学の世界を大きく変え、数え切れない作家に影響を与えたアリスの物語は、いつの世でも子どもたちに最も愛される名作と見なされている。

※下の挿し絵は、1871年初版の『鏡の国のアリス』にジョン・テニエルが描いたアリス。

曇りなき額の幼い子
不思議に目を輝かす、かわいい子
時は足早にすぎさり
ぼくらの生きた年月は半生もへだたり
でもきみは笑顔で迎えてくれるはず
ぼくのつくる、おとぎ話のかずかず

まぶしい笑顔も遠い昔
鈴の音の笑い声も遠い昔
大人のきみは憂い顔
ぼくのことなど知らん顔
それでも今は耳すます、くったくなしに
ぼくのつくるおとぎ話に

おとぎ話が生まれたあの日
夏の太陽が輝いたあの日
時を知らせる鐘にあわせて
舟を漕いだね、顔見合わせて
あの水音、忘れられない、どうしても
嫉妬深い歳月にねたまれても

さあ聞いておくれ、いまのうちに
おそろしい声に呼ばれぬうちに
気の進まぬ子をベッドへ追い立てる
もう寝る時間だとせき立てる
そんな大人も、子どもが年をとっただけ
寝る間も惜しむ、できるだけ

凍る霜も雪もなんのその
荒れ狂う嵐もなんのその
暖炉の火燃える幸せの園
子ども時代の喜びの巣に守られ
魔法の言葉にとらえられ
きみは知らない、外の雪あられ

でも幸せな夏の日はすぎさるしかなく
お話はため息の影に震えてせつなく
輝かしい時は消えて行方知れず
それでもアリスは人知れず
ありし昔をたずねては
夢のありかを見つけるのだ

アリス（d2 にいる白の歩兵（ポーン））が先手で、11 手目で勝つまで

先手		ページ
1	d2 のアリス、e2 にいる赤の女王（クイーン）と出会う	39
2	アリス、（汽車で）d3 を通過（つうか）し、d4 へ（トゥィードルダムたちに会う）	68
3	アリス、（ショールを追う）白の女王に会う	86
4	アリス、d5 へ（店、川、店）	92
5	アリス、d6 へ（ハンプティ・ダンプティ）	99
6	アリス、d7 へ（森）	131
7	白の騎士（ナイト）、赤の騎士を捕獲（ほかく）	135
8	アリス、d8 へ（戴冠（たいかん））	152
9	アリス、女王になる	164
10	アリス、入城（キャスリング）（宴（うたげ））	170
11	アリス、赤の女王を取って勝利	183

後手		ページ
1	赤の女王、h5 へ行って消え去る	49
2	白の女王、（ショールを追って）c4 へ	86
3	白の女王、c5 へ（羊になる）	92
4	白の女王、f8 へ（棚（たな）に卵（たまご）を置く）	98
5	白の女王、c8 へ（赤の騎士から逃（に）げる）	127
6	赤の騎士、e7 へ（王手（チェック））	134
7	白の騎士、f5 へ	152
8	赤の女王、e8 へ（試験）	157
9	赤と白、両女王の入城	165
10	白の女王、a6 へ（スープのなか）	175

1897 年 第 6 版に付された著者の序文より

左のページにあるチェスの棋譜がよくわからない読者もいるようなので、駒の動きについてはチェスのルールに従っていることを、説明しておいたほうがいいだろう。ただし、赤と白が交互に駒を動かすというルールはあまりきちんと守られず、3 個の女王が“入城”しているのは、3 人の女王が城に入ったことを示しているにすぎない。しかし後手 6 手目の白の王への“王手”、先手 7 手目の赤の騎士の捕獲、および先手最後の赤の王の“チェックメイト”は、実際にチェス盤に駒を並べて動かしてみれば、どれもチェスのルールに正しく従っているとわかるだろう。

「ジャバーウォッキー」の詩に見られる新語（26 - 27、110 - 112 ページ参照）は、その発音について、さまざまな意見が出ている——そこで、その点についてもここに書いておいたほうがいいだろう。「slithy（しなばしか）」は「sly, the」の 2 語を合わせたように、「gyre（きり）」と「gimble（くる）」の「g」は硬音で、「rath（ミドタ）」は「bath」と脚韻を踏むように発音してほしい。

1896 年、クリスマス

◆『鏡の国のアリス』とチェス

チェスとは、2 人で行う盤上のゲームである。縦横 8 列の市松模様の盤に、白と黒（『鏡の国のアリス』では赤）各 16 個の駒を配置する。駒数は、王♚と女王♛が各 1、僧正♝、騎士♞、城♜は各 2、歩兵♟は各 8 個。相手の王をチェックメイトすれば勝ちとなる。将棋とほぼ同じルールだが、取った駒をふたたび使うことはできない。

本作では、登場人物にチェスの駒の役が割り当てられている。厳密ではないが、チェスのルールに従って駒が動き、歩兵だったアリスが 11 手目で盤の端までたどりついて女王になるまでを描く。

◆登場人物一覧

ゲーム開始時の並びは下記の通り

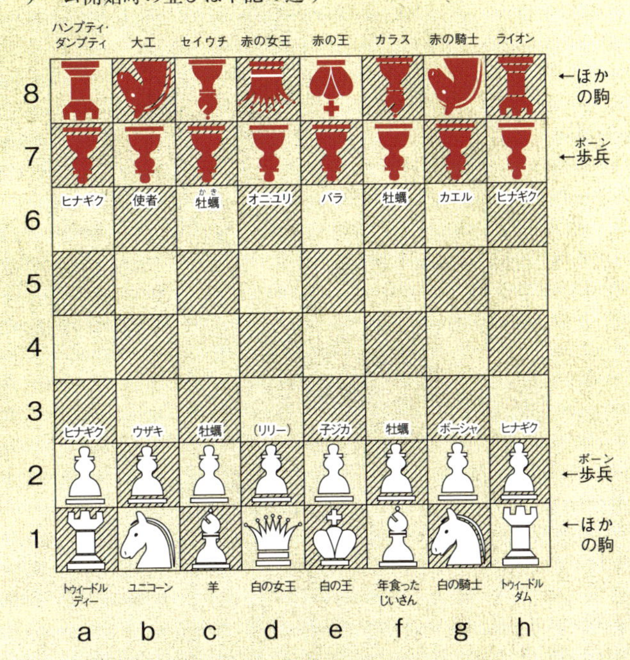

第1章
鏡の家

ひとつだけ確かなのは、この件に、白い子ネコはまったく関わりがないということだ。すべては黒い子ネコの仕業だった。というのも、白い子ネコはここ15分のあいだ、ずっと母ネコに顔を洗われていたから（思えば、よく我慢している）、いたずらなどできるはずもなかったのだ。

ダイナが子ネコの顔を洗うやり方はこうだ――まず片手で子ネコの耳を押さえつけておいてから、もういっぽうの手で鼻から上へ、ごしごしと顔をこすっていく。つまりは、毛を「逆撫で」しているわけで、これが神経だったらたまったものではない。さっきも言ったように、いまダイナは白い子ネコの顔を一生懸命、洗っている。子ネコはじっとおとなしくしていて、喉を鳴らそうとしている――母親は自分のためを思ってやってくれていると、わかっているのだ。

一方、黒い子ネコのほうは午後の早い時間に顔を洗い終わっていたから、アリスが大きな肘掛け椅子の隅で丸くなって、むにゃむにゃ独り言を言いながらうつらうつらしているあいだ、毛糸玉に飛びついて、あっちへ転がし、こっちへ転がし、好きなだけ遊んでいた。アリスがせっせと巻いた毛糸玉はすっかりほどけてしまい、暖炉前の敷物の上でぐしゃぐしゃになってからまり、あちこち結び目ができてしまった。毛糸のなかで黒い子ネコはいま、自分のしっぽを追いかけてグルグル回っている。

「うわっ！　ダメじゃない！」アリスは大声をあげた。子ネコを抱きあげると、チュッとキスをしてたしなめる。「まったくもう、ダイナがちゃんとしつけないから！」

そう言って母ネコをにらみつけ、精一杯厳しい声で叱った。それから毛糸をつかむと、子ネコといっしょに肘掛け椅子にもどり、また糸を玉に巻きはじめた。ところがアリスは、子ネコに話しかけたり、ぶつぶつ独り言を言ったりするものだから、なかなかはかどらない。膝の上に、まじめくさったようすですわる子ネコは、巻かれていく毛糸にじっと目を向けながら、見かねたようにときどき片手を出して、毛糸玉にそっと触れる。なんなら手伝ってあげると、そう言いたげだ。
「ねえ、キティ、あしたが何の日だか、わかる？」アリスが切り出した。「あたしといっしょに窓辺にいたら、わかったのに――おまえはそのとき、ダイナに顔を洗ってもらってたから仕方ないわね。男の子たちがかがり火につかう薪を集めてたの――ものすごくたくさん必要なの。でもすごく寒くなってきて雪も降ってきたから、途中で帰っちゃった。でも気にしなくていいわ、キティ。かがり火はあした、いっしょに見にいくから」ここでアリスは毛糸をくるりくるりと、子ネコの首に巻きつけた。どんな感じに見えるか確かめたかっただけなのだが、そのせいで毛糸玉が床に落ちて転がり、また何メートルもほどけてしまった。
「キティ、わかってると思うけど、あたしすごく怒ってるのよ」また子ネコといっしょに心地よく椅子にすわるなり、アリスが切り出した。「全部見てたんだから。いけないことばっかりしちゃって。窓をあけて雪のなかに放り出してやろうかと思ったわ！　当然よね、キティ！　このいたずらっ子！　何か言い返したいことある？　だめよ、人の話に割りこむんじゃないの！」アリスは指を１本立てて先を続ける。「おまえがしでかしたことを、ひとつずつ挙げていくからね。まずひとつめ――今朝ダイナに顔を洗ってもらってるとき、２回もギャーギャーさわいだ。しらばっくれたってダメ！　ちゃんと聞こえたんだから！　えっ、なあに？」（子ネコの口もとに耳を寄せる）「だってママの手が目に入るんだもん？　それは自分が悪いんでしょ。目をあけっぱなしにしていたから――ぎゅっとつぶってれば、そんなことにはならないんだから。さあ、もう言い訳はたくさんよ。だまって聞きなさい！　ふたつめ――あたしがスノードロップの目の前にミルクを入れた皿を置いてやったら、おまえ、あの子のしっぽをくわえて、どかしたでしょ！　えっ、喉が渇いていたからですって？　スノードロップだって渇いていたんじゃないの？　そして３つめ――あたしが見てないときに毛糸玉を全部ほどいた！」

「いけないことを3つもしといて、ひとつもお仕置きされてないよね、キティ。水曜日までためておいて、いっぺんにお仕置きするからね——あっ、あたしの罰（ばつ）もためられてたらどうしよう？」今度は子ネコにではなく、自分に向かって言った。「1年の最後の日には、どんなお仕置きが待ってるのかな？　もしかしたら、その日に牢屋（ろうや）に入れられてしまうかも。そうでなかったら——ええっと——お仕置きひとつが夕食1回抜（ぬ）きだったとして——まとめて罰を受けることになった日には、いっぺんに夕食50回ぬき！　でもそんなの、へっちゃら。いっぺんに夕食50回分を食べるより、ずっといい！」

「ねえ、キティ、雪が窓（まど）ガラスに当たる音が聞こえる？　なんて柔（やわ）らかで、いい音なの！　まるで誰（だれ）かが外からキスしてるみたい。あんなに優（やさ）しくキスをするんだから、雪は木々や野原がかわいくてたまらないのかな？　真っ白なキルトでみんなをすっぽりくるんでやって、『さあ、かわいい子たち、また夏がやってくるまでぐっすりお休み』って、そう言ってるんじゃないかな。そうして夏になって目を覚ますとね、キティ、みんながみんな緑のドレスで着かざって、風に合わせてそよそよ踊（おど）るの——ああ、なんてきれい！」アリスが大声をあげて、両手を打ち合わせたので、毛糸玉が床（ゆか）に落ちてしまった。「本当にそうだったらいいなあ！　秋になると、たしかに木は眠（ねむ）たそうに見えるもの。葉っぱの色もこっくり濃（こ）くなって」

「ねえ、キティ、チェスはできる？　やだ、にやにやしないで、まじめに聞いてるんだから。このあいだなんか、まるでルールを知っているみたいに、あたしがプレーするのをじいっと見てたでしょ。それであたしが、「王手（チェック）！」って言ったとたん、ゴロゴロ喉（のど）を鳴らしたじゃないの！　あれはうまい手だったのよ。あのいやな騎士（ナイト）が、あたしの駒（こま）のあいだに割（わ）りこんでこなければ勝ってたんだから。そうだキティ、ごっこ遊びをしよう——」アリスがこのお気に入りの言葉を口に出したが最後、いつもどんなことが始まるか、その半分でもここで伝えられたらいいのだが。じつはつい昨日もこれがきっかけで、姉と長いこと揉（も）めたのだった。「ねえ、ごっこ遊びをしようよ。あたしたちふたりで、王さまたちと女王さまたちになるの」と、アリスに言われた姉は、そんなことはできないと断（ことわ）った。几帳面（きちょうめん）な姉は、たったふたりで、何人もの王さ

まと女王さまになるのは無理だと思ったのだ。しまいにアリスが折れて、「じゃあ、お姉さんはそのうちのひとりになって。残りは全部あたしがやる」と言ったのだった。また以前には、年老いた乳母の耳に口を寄せて「ねえ、ばあや！　ごっご遊びをしよう。あたしが飢えたハイエナで、ばあやが骨」などといきなり大声でさけんで、乳母をびっくり仰天させたこともあった。

さて話をもとにもどすと、アリスは子ネコに、こんなごっこ遊びを持ちかけた。「キティ、おまえが赤の女王になるの。背筋をぴんと伸ばしてすわって、胸の前で腕を組んでみれば、女王の駒そっくりよ。さあ、いい子だから、やってごらん！」そう言うと、テーブルから赤の女王の駒を取ってきて、さあこれをお手本にしなさいと、子ネコの目の前に置いたが、うまくいかない。「きちんと腕を組んでないからよ」とアリスは言う。罰としてアリスは子ネコを鏡の前に連れていき、やる気のない姿を見せてやる。「――早くちゃんとやらないと、鏡の家に入れちゃうから。それでもいいの？」

「いいことキティ、よけいなことはしゃべらないで、しっかり話を聞きなさいよ。鏡の家っていうのがどういうものか、あたしの知ってることを全部教えてあげる。まず鏡の向こうに、あたしたちのいる応接間と同じ部屋が見えるでしょ。まったく同じように見えるけど、あっちは何もかも、ここと逆なの。椅子の上に立ってみると、全体がよく見えるよ。ただし暖炉の裏のところはちょっと見えない。ああ、あそこが見えたらいいのに！　冬になると、あっちの部屋の暖炉でも火を焚くのか知りたいのに、これじゃわからないもの。こっちの暖炉から煙が上がれば、向こうの暖炉からも煙が上がるけど、それって、ごっこ遊びと同じで、火を焚くふりをしているだけかもしれないでしょ。向こうにも、こっちと同じ本があるんだけど、文字が全部ひっくり返っているの。なんで知ってるかっていうと、鏡に向かって本を１冊ひらいてみせたら、鏡の向こうからも、１冊ひらいてみせてくれたから」

「ねえ、キティ、鏡の家で暮らすのって、どう？　向こうでも、ミルクをもらえるかな？　もしかしたら鏡の国のミルクは飲めないのかも――あっ、キティ、見て！　廊下よ。こっちの応接間のドアを大きくあけておけば、鏡の家の廊下がちょこっとだけのぞける。こっちの廊下と変わらない感じだけど、その先にはまったくちがう世界が

広がっているかもしれない。ねえ、キティ、鏡の家に入れたらすごいよね！　きっときれいなものがいっぱいあるよ！　よし、ごっこ遊びをしよう。ガラスの鏡がガーゼみたいに柔らかくて、通りぬけられることにするの。あれっ、なんだか、もやみたいになってきた！　これなら簡単に通りぬけられる――」言っているそばからアリスは暖炉の上に乗っかっていた。いったいどうやって上がったのか、自分でもよくわからない。それでもたしかに鏡は、銀色のまばゆいもやのように溶けだしていた。

次の瞬間、アリスは鏡を通りぬけて、鏡の国の部屋へふわりと飛びおりていた。まずは、暖炉に火がおこっているかどうか確かめる。すると、自分があとにしてきた部屋と同じように、火が明るくごうごうと燃えていたものだから、うれしくてたまらない。「もといた部屋とおんなじで、ぽかぽかあったかいわ。ここなら、暖炉の前から追い払われることもなくて、ずっとあったかくしていられる。家の人たちがのぞいてきても、鏡のなかにいるあたしには手が届かない。それってすっごく面白い！」

アリスはあたりにきょろきょろ目を走らせた。向こうの部屋からのぞいたときには変わったところはなく、面白くもなんともなかったのに、いざなかに入りこんでみると、もとの部屋とはがらりと変わっていた。たとえば、暖炉の隣の壁にかかっている絵は生きているようだし、暖炉の上にある置き時計の表側には（鏡には時計の裏側しか映らない）小さなおじいさんの顔がついていて、こちらを見てにやっと笑っている。

「でもこっちの部屋は、あんまりきちんとしてないみたい」そう思ったのは暖炉の灰のなかに、チェスの駒がいくつか転がっているからだった。ところが次の瞬間、アリスはおどろいて「うわっ！」と叫んだ。床に四つん這いになって、駒をしげしげと見つめる。なんと、駒がふたつずつ組みになって、歩きまわっている！

「赤の王と赤の女王」（駒たちをおどかしてしまわないよう小声で言う）。「シャベルのへりには白の王と白の女王がすわってるし——お城型の駒がふたつ、腕を組んで歩いてる——こっちの声は聞こえないみたい」アリスは顔を近づけてみる。「たぶんこっちの姿も見えないんじゃないかな。なんだかあたし、透明になった気分——」

　すると、うしろのテーブルの上で、何かがキーキー言いだした。振り返ってみると、白の歩兵がひとつ、あおむけに転がって、足をバタバタさせている。いったいど

うなることかと、アリスは興味津々で見守る。

「うちの子が泣いてる！」白の女王が叫んで、いきなり前に飛び出したので、白の王は灰のなかにひっくり返ってしまった。「リリー！　わたしの大事な子ネコ姫！」女王は言いながら、暖炉の炉格子の脇を必死になってよじのぼる。

「わしは大事じゃないのか！」ぶつけた鼻をさすりながら王が言う。そりゃあ、文句のひとつも言いたくなるだろう。頭のてっぺんから爪先まで、灰まみれになってしまったのだから。

　アリスは助けてやりたくてうずうずする。何しろ幼いリリーは声をかぎりに泣いていて、いまにも癇癪を起こしそうなのだ。そこでアリスは女王をさっとつまみあげ、テーブルで泣き叫ぶ小さな娘の隣に置いてやった。

女王は息を飲んで、その場にへたりこんだ。一瞬で宙を移動したショックで、しばらくは息もできず、幼いリリーを無言でぎゅっと抱きしめているのが精一杯だった。息が少しできるようになると、灰のなかに、むすっとした顔ですわっている王にすぐ注意を呼びかけた。「火山にお気をつけになって！」

「火山？」王は暖炉の火を不安そうに見つめる。まるで火山があるとしたら、そこだろうと思っているかのようだった。

「わたし、噴き、上げ、られたの……」まだ少し息を切らしながら女王が言う。「あなたは――普通に歩いてきて――噴き上げられたりしないで！」

白の王は炉格子の棒を１本１本つかんで、のろのろとのぼっていく。それを見ながら、アリスは思わず声をかけた。「ねえねえ！　そんな調子じゃあ、テーブルにたどりつくまでに何時間もかかるわよ。手を貸してあげましょうか？」けれども王は知らん顔。アリスの声も聞こえず、姿も見えないのが、これではっきりした。

それでアリスはできるだけそっと王をつかみ、息がとまったりしないよう、女王のときよりもゆっくり時間をかけてテーブルに運んでやり、あんまり灰だらけだったので、そこに置く前に少し払ってやった。

このときの王の顔といったら、あとでアリスが、あんな顔、生まれて初めて見たと言うぐらい、おかしかった。見えない手につかまれて宙を運ばれていき、体から勝手に灰が払われていくとわかった王は、おどろきのあまり声も出せない。目と口がみるみる大きくひらき、まん丸になっていくのを見て、アリスはたまらず笑いだし、危うく王を床に落っことしそうになった。

「いやだ！　頼むからそんな顔しないで！」相手には自分の声が聞こえないのも忘れて、アリスは大声で言った。「笑いすぎて、落っことしちゃう！　そんなに大きく口をあけないで！　灰が全部入っちゃうわ」アリスは王の髪をなでつけてやってから、「ほうら、きれいになった」と言って、テーブルの女王のそばに置いてやった。

王はすぐさまパタンと仰向けに倒れ、死んだように動かなくなった。何かまずいことをしてしまっただろうかと、アリスはちょっと心配になり、水をかけてやろうと、室内をきょろきょろ見て探す。しかし水はどこにもなかったので、かわりにインク壺をつかんでテーブルにもどったところ、王は意識を取りもどしていて、すっかり脅えたようす

で女王とひそひそ話をしていた――あまりにも小さな声なので、何を言っているのかわからない。

王はこう言っていた。「わしゃもう、頬ひげの先まで縮みあがったぞ！」

「あなた、頬ひげなんて１本も生えていないじゃない」

「ぞっとしたのなんのって」王は続ける。「これはもう一生忘れんぞ！」

「でもお忘れになるのよね」と女王。「ちゃんとメモしておきませんと」

王がばかでかいメモ帳をポケットから引っ張りだし、何やら書きつけていくのを、アリスは興味津々で見つめている。と、何を思ったか、アリスは王の肩先から飛び出している鉛筆のお尻をふいにつかみ、王にかわって鉛筆を動かしだした。

かわいそうに、王は何が起きているのかさっぱりわからず、言うことを聞かない鉛筆としばらく無言で格闘している。しかしアリスの力にはまったく太刀打ちできず、ついにはあはあ息を切らして女王に言った。「ダメだ、ダメだ！　もっと細い鉛筆じゃないと。こいつはまったくわしの言うことを聞かん――書くつもりもないことをあれこれ書きおって――」

「あれこれって？」女王が言って、王のメモ帳をのぞきこんだ（そこには「白の騎士が火かき棒をすべりおりている。ぜんぜんバランスが取れていない」と、アリスの書いた文字があった）。「あなたが書いたとは、とても思えませんわ！」

アリスの近くにあるテーブルに１冊の本が置いてある。白の王のようすを見守りながらすわっているあいだ（まだ王（キング）のことが心配で、また気を失ったらインクをあびせてやろうと待ち構（かま）えていた）、アリスはページをめくって、読めそうな部分はないかと探（さが）した。「──知らない言葉ばっかり」と独（ひと）り言（ごと）。

その本の中身はこんな感じだった──。

ジャバーウォッキー
アブリドキぞろぞろ登場しなばしかトーブ
ハムシバをきりくるきりくる
ぼろあわのボロゴーブ
エハナミドタも怒鳴くしゃ吹きまくる

しばらく首をかしげて本をにらんでいると、やがてすばらしい考えがひらめいた。
「そうか、これは鏡の本！　だから鏡に映（うつ）せば、字はもとどおり、ちゃんと読めるはずよ」

そうやってアリスが読んだのは次のような詩だった──。

ジャバーウォッキー
アブリドキぞろぞろ登場しなばしかトーブ
ハムシバをきりくるきりくる
ぼろあわのボロゴーブ
エハナミドタも怒鳴（どな）くしゃ吹（ふ）きまくる

「息子（むすこ）よ、ジャバーウォックに用心せよ！
こやつは噛（か）むぞ、つかむぞ
ジャブジャブ鳥にも用心せよ！
猛（いか）り狂（くる）うバンダースナッチ、あなどれば臍（ほぞ）を噛むぞ！

息子はヴォーパルの妖剣手に取り
おどろしき敵を探してさすらいながら
タムタムの木陰で休息取り
思案めぐらす夜もすがら

ふと立ち上がった彼が見しは
炎と見紛う、真っ赤なまなこ
タルジイの森ぬけて現れしは
怒鳴ざわえずる、ジャバーウォック

えい、やー！　えい、やー！　息子勇かん
グサリグサリと容赦なく、してやったり
ジャバーウォックの、首とったり
その首持て意気揚々、誇らしげに息子帰かん

あっぱれ仕留めた一切合さい
我が腕に抱かれよと息子ねぎらい
今日は佳き日、万歳！　億さい！
うれしき父親、高わらい

アブリドキぞろぞろ登場しなばしかトーブ
ハムシバをきりくるきりくる
ぼろあわのボロゴーブ
エハナミドタも怒鳴くしゃ吹きまくる

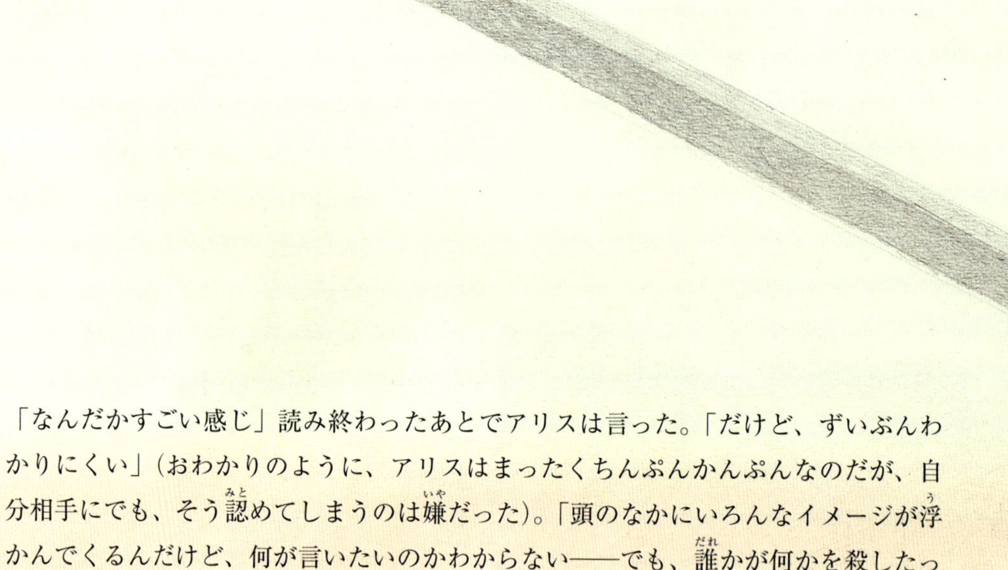

「なんだかすごい感じ」読み終わったあとでアリスは言った。「だけど、ずいぶんわかりにくい」(おわかりのように、アリスはまったくちんぷんかんぷんなのだが、自分相手にでも、そう認めてしまうのは嫌だった)。「頭のなかにいろんなイメージが浮かんでくるんだけど、何が言いたいのかわからない——でも、誰かが何かを殺したっていう、それだけは——たしかよね——」

「あっ、いけない!」アリスはふいに飛び上がった。「ぐずぐずしてると、ほかのところをちっとも見ないうちに、もとの部屋に帰らなくちゃいけなくなるかもしれない! まずは庭を見なくちゃ!」アリスは急いで部屋を飛び出して、階段を駆けおりた——といっても、正確には走ったのではなく、自分で考えた、もっと手っ取り早い方法で下りていった。つまり、手すりに指先をそえ、階段に足をつけずに、宙をつーっとすべっていったのだ。その勢いに乗って玄関ホールを突っ切っていき、外に飛び出しそうになったところを、ドアのわきの柱をつかんで危うくその場にとどまった。長いこと宙に浮いていたものだから頭がくらくらする。また普通の歩き方にもどると、やっぱりこのほうが落ち着くと、ほっとした。

第2章
しゃべる花々の庭

「庭をよく見るには」とアリスは独り言を言った。「あの丘のてっぺんに行けばいい——それには、このまっすぐ丘に通じる道を——あれれ、これまっすぐじゃないわ」(そう思ったのは、道をしばらく進んで、急な角をいくつか曲がったあとだった)。「でも最後にはたどりつけるはず。それにしてもぐるぐるぐるぐる、すごいカーブ。これはもう道っていうより、コルクの栓抜きみたい！　でも、この角を曲がったら、丘に出られるはず——えっ、ちがう！　これって家にもどる道よ！　べつの道を行かなくちゃ」

それでアリスはべつの道を行くことにし、上がったり下がったりしながら、角を何度も曲がってみるのだが、何度やっても家にもどってきてしまう。一度など勢いをつけてすばやく角を曲がったところ、いきなり家に突っこんでしまった。

「何を言ってもむだだからね」アリスは喧嘩でもふっかけるように、顔を上げて家をにらみつける。「まだなかには入らないんだから。また鏡を通りぬけて、はいこれで冒険はおしまいってことになっちゃうもの。ぜったいそうなんだから！」

アリスは家にきっぱり背を向けて、また歩きだした。丘まで、ひたすらまっすぐに進もうと心を決めている。しばらくは順調に進み、「よし、今度こそきっとうまくいく——」と言いかけたところで、いきなり道が曲がってぶるっと震え(アリスはあとでそう説明している)、気づいたときには家の玄関からなかに向かって歩いていた。

「なんなのよ、これ！」アリスは怒鳴った。「出かけるのを家に邪魔されるなんて！　そんな家見たことない！　人をばかにしてるわ！」

　しかしアリスの目の前には、まだ丘が広がっていたから、仕方なくまた歩きだした。すると今度は大きな花壇に出くわした。花壇のへりはヒナギクにふちどられ、まんなかにヤナギの木が１本生えている。

「ねえ、オニユリさん！」風に吹かれて優雅に揺れている花に声をかける。「あなたも、お話しできたらいいのにね」

「話せるよ」とオニユリ。「話して面白い相手がいればね」

　アリスはびっくり仰天し、しばらく口も利けない。まるで呼吸がとまってしまったかのようだった。そのあいだオニユリはただ風に揺られているだけ。やがてアリスはささやくような声で、おずおずと切り出した。「花って、みんな話せるの？」

「あんたたちといっしょ」とオニユリ。「声はもっと大きいけど」

「でもね、こっちから話しかけるのは礼儀に反するでしょ」とバラ。「だから、いつ話しかけてくるのかなって興味津々だったの！　『頭はそんなに良さそうじゃないけど、なかなか味のある顔ね』なーんて心のなかで言いながら。でもあなた、色はまともなんだし、悲観することはないわ」

「色なんてどうでもいいさ」とオニユリ。「あと少しばかり花びらがひらいていりゃあ、文句なし」

　自分のことをとやかく言われるのはいやだったから、アリスは質問を投げてみる。

「こんなところに植えられていたら、誰にも世話をしてもらえないでしょ。怖くなることはないの？」

「まんなかに木がいるわ」とバラ。「それで十分。何か問題でも？」

「何か危険が迫ってきても、どうすることもできないでしょ？」アリスは聞いた。

「木がハッパをかけてくれるわ」とバラ。

「ドカンと１発！」ヒナギクが大声で言った。「発破って爆薬を仕掛けて爆破することでしょ？」

「あんた、そんなことも知らないの？」べつのヒナギクが声を張りあげた。それを皮切りに花たちがいっせいに大声を張りあげ、あたりいっぱいにきんきん声が響きわた

った。「静かに！　みんなお黙り」オニユリが場を鎮めようと必死になり、左右にぶんぶん揺れながら興奮してうち震えている。「あたしが手出しをできないって、みんなそう思ってるんだよ！」はあはあ息を切らして、わななく頭をアリスに向ける。「でなけりゃ、ちゃんと言うことを聞くはずだもの！」

「あたしにまかせて！」アリスは慰めるようにオニユリに言ってから、またもしゃべり散らそうとしているヒナギクの上にかがみこみ、そっとささやく。「黙っていられないんだったら、引っこぬいちゃうから」

一瞬しんとなり、ピンクのヒナギク数本が色を失った。

「そうそう！」とオニユリ。「ヒナギクは一番タチが悪い。ひとりが口をひらくと、みんないっせいにしゃべりだすんだから。やかましくて、こっちは聞いているだけで、げんなり萎えてくる」

「どうして、みんなそんなに上手にしゃべれるの？」場の雰囲気を和らげようと、アリスはほめ言葉を口にした。「これまでたくさんの庭を見てきたけど、しゃべる花はひとつもなかったわ」

「手を下に伸ばして地面をさわってごらん」とオニユリ。「そうすれば、理由がわかる」

アリスはやってみた。「かっちかち。でもそれとしゃべることが、どうつながってるの？」

「たいていの花壇は」オニユリが言う。「ふかふかすぎる。だから、花はずっと眠りこけてるんだ」

なるほど、そうだったのかと、アリスは心から納得し、いいことを教えてもらったとうれしくなった。「そんなこと、考えもしなかった！」

「あなた、見るからに考えなしね」ずいぶん厳しい口調でバラが言った。

「ここまでばか丸出しの人、初めて見たわ」とスミレ。それまでひとことも話さなかった花がいきなり話したので、アリスはぎょっとして飛び上がった。

「お黙り！」オニユリが叫んだ。「まるでこれまでいろんな人を見てきたような口ぶりじゃないの！　あんたなんか、始終葉っぱの陰に頭隠していびきかいてるじゃないの。地上に芽を出したときとおんなじ世間知らずのくせして」

「この庭には、あたし以外の人間も歩いているの？」自分への悪口は気にしないことにして、アリスは言った。
「あなたみたいに、庭をあちこち動き回れる花が１本あるけど」バラが言った。「どうして、そんなことができるのか――首をかしげちゃうけど」（「あんたはいつだって首をかしげてるね」とオニユリ）。「でもあっちはあなたより、ふさふさしてるわね」
「あたしと似てるの？」アリスは勢いこんできいた。この庭のどこかに、またべつの女の子がいるかもしれないと、そう思ったからだ。
「そう、あなたと同じようにぶかっこう」とバラ。「でもあっちのほうがもっと赤くって、花びらが短いみたい」
「ほとんどダリアと同じで、花びらをてっぺんでまとめてるんだ」とオニユリ。「あんたみたいに、花びらをだらんと垂らしてひらいたりしていない」
「でもそれはあなたが悪いんじゃないのよ」バラがアリスを気づかって言う。「もうそろそろ萎れてしまうんだから――ちょっとだらしなくなるのは仕方ないわ」
　そんなふうになぐさめられても、アリスは少しもうれしくなく、話題を変えようと質問する。「その人、ここに来るかしら？」
「もうすぐ会えるわよ」とバラ。「その花、トゲが９つもあるのよ」
「トゲって、どこにあるの？」アリスは不思議に思って聞いてみた。
「決まってるじゃない、頭のまわりにぐるっとよ」バラが答えた。「どうしてあなたにはないのか、首をかしげてしまうわ。みんなあると思っていたのに」
「来るよ！」飛燕草が声を張りあげた。「足音が聞こえる。ドシン、ドシンと、砂利道を歩いてくるよ！」
　アリスがはやる思いであたりを見回すと、やってきたのは赤の女王だった。「ずいぶん大きくなってる！」最初に口から出た言葉はそれだった。たしかに女王は大きくなっていた。アリスが灰のなかで最初に見たときは7、8センチだったのに――いまではアリスよりも頭半分ほど背が高い！
「新鮮な空気のせいよ」とバラ。「ここの空気はすばらしいの」
「あたし、ごあいさつしてくる」しゃべる花たちも面白かったが、本物の女王と話すほうがもっとすごいことに思えたのだ。
「そっちじゃないわ」とローズ。「逆、逆」
　アリスはわけがわからない。何も言わず、赤の女王がいるほうへまっすぐ歩いていく。と、おどろいたことに女王の姿は消え、気がつくとまた玄関に突っこむように歩いていた。
　アリスはちょっといらだって後ずさり、女王はどこにいるのかと、あたりをきょろきょろ。するとずっと遠くのほうにいるのが見えた。ならば今度は逆に行ってみようと、女王がいるのとは反対方向へ歩きだす。
　これがものの見事に成功した。わずかも歩かないうちに、赤の女王と向かい合い、さっきからずっと目指していた丘の全貌が目の前に大きく広がった。
「どこから来たんです？」赤の女王が言う。「どこへ行こうというのですか？　顔を上げて、はきはきと答えなさい。いつまでも指をひねくりまわしてはいけません」
　アリスは女王に注意されたことをすべて守りながら、自分の道を見失ってしまったことを一生懸命説明した。
「“自分の道”というのは、どういうことですか？」と女王。「このあたりの道はすべて、わたくしの道です――いったいここに何をしにやってきたのです？」そこで女王は優しい口調でつけ加える。「言うべきことを考えているあいだに、片膝を折ってお辞儀をしてごらんなさい。時間の節約になります」
　これにはアリスもちょっと首をひねった。しかし恐れ多くも女王さまの言うこと

を、信じないわけにはいかない。そうだ、家に帰ったらやってみよう。夕食の時間にちょっと遅れたときに、とアリスは心のなかに書きとめておく。
「さあ、そろそろ答える時間です」女王は懐中時計にちらっと目をやって言った。「しゃべるときには口をもう少し大きくあけて、必ず最後に“陛下”と言うこと」
「わたしは庭がどんなふうなのかを見たかっただけなんです、陛下——」
「そうそう、それでいいんです」女王に頭をぽんぽんとたたかれてもアリスは少しもうれしくない。「ただし、いま“庭”と言ったようですが——わたくしがこれまで見てきた庭と比べたら、これは荒れ地と言うべきです」
　アリスは反論する気もなく、さらに続ける。「——それで丘のてっぺんに上がる道を見つけようと思ったんですけど——」
「いま“丘”と言ったようですが」女王が口をはさんだ。「本物の丘を見せてあげれば、あなただって、これは谷と呼ぶでしょう」
「呼びません」ついに女王に反論してしまった。アリスは自分で自分におどろいている。「丘は谷とはちがいます。そんなわけのわからない話——」
　赤の女王は首を横に振る。「“わけのわからない”と言いたければ言ってもかまいません。しかし、わたくしがこれまで耳にした“わけのわからない”話の数々と比べれば、これはもう辞書の説明のように、わかりやすいと言うべきです！」
　女王が少し腹を立てた口調で言ったので、アリスは不安になって、また片膝を折ってお辞儀をした。ふたりは黙って歩きつづけ、やがてあの小さな丘のてっぺんにたどりついた。
　しばらくアリスは無言で立ち尽くし、眼下の景色を隅々まで眺め回す——なんとも奇妙な風景だった。無数の小川が大地を横切って流れており、小川にはさまれた土地は、青々とした小さな生け垣でいくつもの四角に区切られている。
「大きなチェス盤みたい！」しばらくしてアリスは言った。「きっとどこかで人が動いているはずよ——ほら、いたいた！」声が弾み、興奮して心臓の鼓動が速まってくる。「世界最大のチェス大会が開催されてるんだ——ここを現実の世界と呼べるならの話だけど。うわあ、すごく面白そう！　あたしも参加したいなあ。入れてもらえるなら歩兵の駒になってもいい。もちろん女王になれたら最高だけど」

アリスは、本物の女王にはにかんだ目を向ける。すると女王はにこにこと笑い、「いいですよ。良かったら白の女王の歩兵におなりなさい。リリーはまだ小さくてプレーには参加できませんから。まず2マス目から始めるのですよ。8マス目にたどりついたら女王になれます――」言った瞬間、どういうわけか女王とアリスは駆けだしていた。

どうしてそんなことになったのか、あとになっていくら考えてもアリスにはわからなかった。覚えていることと言えば、女王と手をつないで走っていたということだけで、この女王がまた猛スピードで走るものだから、ついていくのが精一杯だった。それでも女王は「もっと速く！　もっと速く！」とひたすら叫んでいる。これ以上速くは無理だと言いたいところだったが、アリスは苦しくて声も出なかった。

一番おどろいたのは、木をはじめとして、周囲の景色がまったく変わらないことだった。どんなに速く走っても、自分たちは何も追い越せないようなのだ。ひょっとして、みんないっしょに走っているってこと？　かわいそうに、アリスはすっかり混乱した頭で考える。するとまるでその思いを察したように、女王が大きな声で言う。

「もっと速く！　話をしようなんて思ってはいけません！」

べつにアリスは話をしようとは思っていなかった。それどころか、息が切れて切れて、もう永遠に話などできない気がしてきた。それなのに女王はまだ叫んでいる。「もっと速く！　もっと速く！」そう言って、アリスを引っ張って走っていく。「もうすぐでしょうか？」アリスはぜいぜい息をしながら、ようやく言った。

「もうすぐですって！」女王が繰り返す。「とんでもありません。目的地は10分前に通過しましたよ！　もっと速く！」ふたりはしばらく黙ったまま走りつづけた。アリスの耳にはびゅんびゅん吹きつけてくる風の音が聞こえる。しまいに髪の毛を引っこぬかれて持っていかれるんじゃないかと思えるほど、風の勢いは強い。

「さあ！　さあ！」女王が叫ぶ。「もっと速く！　もっと速く！」ふたりして猛烈なスピードで走ったので、しまいには地面から足が離れ、宙に浮かび上がってしまうほどだった。アリスがへとへとに疲れたとき、ふいにとまった。気がつくとアリスは地面に尻餅をつき、息をはあはあ切らして目をまわしていた。

女王はアリスを木に寄りかからせて、優しく声をかけた。「さあ、少しお休み」

アリスはあたりを見回してぎょっとする。「前にいたのと同じ木の下！　最初の景色と何ひとつ変わってない！」
「当然です」と女王。「何を期待していたのですか？」
「あたしたちの国では」まだ少し息を切らしながらアリスが言う。「どこかべつの場所に着くはずなんです――今みたいに長い時間、ものすごく速く走ったなら」
「のんびりした国ですね！」と女王。「ここはそうではありません。同じ場所にとどまっているには、全速力で走らないといけませんし、どこかべつの場所へ行きたいなら、少なくとも全速力の２倍の速さで走らないといけません」
「それなら、どこにも行かなくていいです！」とアリス。「ここにいるだけで十分です。ただ、暑くて、喉がからからになってしまって！」
「そういうときにはこれが一番！」女王は気を利かせるふうに言い、ポケットから小さな箱を引っ張りだした。「ビスケットはいかが？」

本当は欲しくなかったが、いらないと言ってしまうのは失礼な気がした。それでアリスはビスケットを受けとって頑張って食べた。パサパサに乾いていて、いまにも喉につまりそうだ。こんな苦しい思いをしたのは生まれて初めてだった。

「あなたが喉の渇きを癒やしているあいだに、わたくしは測量をしていますよ」女王はそう言うと、1インチごとに印のついたリボンを1本、ポケットから引っ張りだした。それで地面を測っていきながら、ところどころに小さな杭を打っていく。

「2ヤード先のところで」女王は言いながら、その距離にあたる場所に杭を刺す。「あなたに指示を出しましょう――ビスケットを、もう1枚いかがです？」

「ありがとうございます。でも結構です」アリスは言った。「1枚で精一杯です！」

「じゃあ、喉はうるおったんですね？」と女王。

これにはなんと答えていいのやら。しかしありがたいことに女王はアリスの答えを待たずに先を続けた。「3ヤードのところで、もう一度指示を繰り返します――あなたが忘れるといけませんからね。4ヤードのところで、さようならを言い、5ヤード先で、わたくしはいなくなります！」

アリスが興味津々で見守っていると、すべての杭を打ち終わっていた女王は、一度木のところまでもどってきてから、杭の列に沿ってゆっくりと歩きだした。

2ヤードを示す杭のところまで来ると、女王はくるりと振り返ってアリスに言う。「歩兵は最初のときだけ、マスふたつまで進めます。だから3のマスはとても急いで通るのですよ。汽車に乗るのがいいでしょう――気がついたときにはもう4のマスに着いていますよ。4のマスはトゥィードルダムとトゥィードルディーのもので、5のマスはほとんど水ばかりで、6のマスはハンプティ・ダンプティのもの――それにしても、あなたは何も言わないのですか？」

「えっ――何か言うべきだったんですか？――」アリスは口ごもる。

「気が利く人間なら、『ご親切にいろいろ教えてくださってありがとうございます』と言いますよ――まあ、言ったことにしておきましょう――7のマスはほとんど森ですが、騎士の1人が道案内役を務めてくれます――そうして8のマスであなたはわたくしといっしょに女王となります。あとは宴をひらいて楽しむだけ！」アリスは立ち上がると、片膝を折ってお辞儀をし、それからまた腰を下ろした。

女王は次の杭までたどりついたところでまた振り返り、こう言った。「ある物の名前が英語で思い浮かばなかったら、フランス語で言うのですよ——歩くときには足の爪先を外に向ける——そして自分が何者であるかを忘れてはいけませんよ！」今度はアリスがお辞儀をするのも待たずにすたすた歩いていき、次の杭にたどりついたところで一瞬だけ振り向いて、「さようなら」と言い、それがすむと最後の杭を目指して急いで駆けだした。

どうしてそんなことになったのか、アリスにはさっぱりわからないのだが、最後の杭にたどりついたまさにその瞬間、女王はぱっといなくなってしまった。宙に消えたのか、森にすばやく駆けこんだのか（「だってとても速く走れるんだもの」とアリスは思った）、まったく見当もつかないが、とにかくいなくなってしまった。そこでアリスは自分が歩兵であり、まもなく自分が動く番になることを思い出した。

第3章

鏡の国の昆虫

当然ながら、何よりもまず、これから旅する土地について知っておかなければならない。「地理の勉強みたいなものよね」アリスは言いながら、もうちょっと先のほうまで見られないものかと、爪先立ちになる。「目を引く川は……特にナシ。大きな山は……山のようなものは自分がいま立っている丘しかない……けど、これには名前なんてなさそうだな。主だった町は……えっ、ちょっと何、あの生き物？　ずっと先のほうでハチミツをつくってるみたいだけど、ミツバチのはずはないか。数マイル先にいるミツバチなんて、見えるわけないもの……」それで立ったまま、しばらく黙って見ていると、そのうちの１匹が花々のあいだを忙しげに動きまわっているのがわかった。口先を花のなかに差しこんでいるようすは、ふつうのミツバチと変わらないとアリスは思った。

でもこれがふつうのミツバチであるわけがない――それどころか、ゾウだった――それに気づいた瞬間、アリスはぎょっとして、まず息がとまりそうになった。「あれがゾウなら、あの花々も超巨大ってことよ！」とさらに気づいた。「小屋から屋根を取り払って、下に茎をくっつけたような感じ――あれだけ大きな花なら、ものすごくたくさんのミツが取れるはずよ！　行って見てこよう――だめ、ちょっと待って」丘を駆けおりようとしたところで、ふいに思いとどまり、急に尻ごみしてしまった言い訳を探そうとする。「あれを追い払えるような、うんと長い枝を持っていかなくちゃ、あのなかには入っていけない――それで、散歩はいかがでしたか、なんて聞かれたら面白いことになるわね。『ええ、気持ちのいい散歩でした（ここで挑戦的に、頭をつんとうしろにそらす、お得意のポーズ）。ただ、ちょっと埃っぽくて暑くって、ブンブンたかってくるゾウを追い払うのが大変でした』なーんてね」
「やっぱりべつの道を行こう」しばらくしてアリスは言った。「それでもって、ゾウのほうはあとで見にいけばいい。３つめのマスに早く入ってみたいもの！」
　こういう言い訳をしたところで、アリスは丘を駆けおり、６本ある小川の最初の１本を飛び越えた。

「切符を拝見！」車掌が窓から顔を突き出して言った。みんながいっせいに切符を差し出す。みんなと言うのは人間と同じぐらいの大きさの生き物で、車両いっぱいに乗りこんでいるようだった。
「ほら、そこの子ども！　切符を見せなさい！」車掌は言って、怒った目でアリスをにらみつけた。すると大勢の声がいちどきに響きわたった（まるで歌の合唱みたいだと、アリスは思う）。「おい子ども、車掌を待たせちゃいかん！　車掌の時間は１分あたり 1000 ポンド！」
「持ってないんですけど」アリスは恐る恐る言った。「切符売り場がなかったので」
するとまた合唱の声が響いた。「この子がいた場所は、切符売り場ひとつ建てる空き地もない。そこの土地は１インチあたり 1000 ポンド！」
「言い訳は無用だ」車掌が言う。「機関士から買っておくべきだったのだ」そこでまた合唱が始まった。「機関車を走らせる男。おどろくなかれ、ひと煙だけでも 1000 ポンド！」
「これじゃあ、何を言っても無駄ね」とアリスは思う。しかし今度は合唱の声は響かない。なぜならアリスは声に出さずに頭で考えただけだからだ。ところが次の瞬間、アリスはびっくり仰天。「何も言わないのが一番だ。言葉は１語あたり 1000 ポンド！」と、合唱ではなく、合考が、頭のなかで始まったからだ（それがどういうものか、わかってくれたらありがたい。じつを言うと書いているほうもわかっていない）。
　今夜の夢には 1000 ポンドが出てきそうだとアリスは思う。
　そのあいだずっと車掌は窓の外からアリスを観察していた。最初は望遠鏡で、次は顕微鏡で、最後はオペラグラスをつかって。挙げ句の果てに、「おまえさん、行き先をまちがえてるぞ」と、それだけ言うと窓を閉めていなくなってしまった。

「幼い子どもはだな」アリスの向かいにすわっている紳士（白い紙の服を着ている）が言う。「自分の行き先は知っておかねばならんよ。たとえ自分の名前は知らなくても！」

白い紳士のとなりにすわったヤギは目を閉じて大きな声を張りあげた。「切符売り場までの道筋は知っておかねばなあ。たとえ“あいうえお”は読めなくても！」

どうやら順番にしゃべっていくのが車内の規則のようで、ヤギのとなりにすわっているカブトムシも（奇妙奇天烈な乗客ばかりが席を埋めている）口をひらいて言う。「この子どもは手荷物として、ここから送り帰さないといかんな！」

アリスのすわっている位置からだと、カブトムシの向こうに誰がすわっているのか見えなかったが、次はしわがれた声が響いてきた。「機関車を取り替え――」途中で喉をつまらせたのか、その声が立ち消えになる。

「馬みたいな声」アリスは心のなかで思う。すると蚊の鳴くような、か細い声が耳もと近くで聞こえた。「しかし、誰もウマとは思うまい――とかなんとか、洒落てみなって」

すると遠くから、とても優しい声が聞こえてきた。「誰かその子に、“子ワレモノ洒落モノにつき、取り扱い注意”ってラベルを貼ってあげなさいな」

そのあとも、次々と声があがる（どれだけたくさん乗客がいるんだろうとアリスは思う）――「弱り“切手”るんだから、郵便で送ったらいいんだよ……」「電報にして送るって手もあるぜ……」「自分で機関車引かせろや……」などなど。

そこで白い紙を着た紳士が身を乗り出してきて、アリスの耳もとでささやいた。「お嬢さん、何を言われようと気にすることはない。ただし汽車がとまるたびに、往復切符を買うようにな」

「買いません！」アリスはいらだちも露わに言った。「いつのまにか汽車に乗ってたけど――あたしは、本当は森のなかにいるはずだった。森にもどりたい！」

「それ、洒落にしてごらんよ」またあのか細い声が耳もとでささやく。「“あたし、森にもどるつもり”なんちゃって」

「うるさいなあ」とアリス。いったいどこから聞こえてくるのか、あたりをきょろき

ょろ見回すものの、声の主は見つからない。「そんなに洒落が好きなら、自分で勝手につくればいいじゃない」

か細い声の主が深いため息をついた。傷ついたのは明らかで、普通ならアリスもここで慰めの言葉をかけてやっただろう。ところがこの声の主、ため息までがおどろくほどか細いものだから、アリスに聞こえるよう耳もとにぐっと近づいて「はあ……」とやった。これでは耳がくすぐったくてたまらず、哀れな小さな生き物の不幸に同情するどころではない。

「きみはぼくの友だちだって知ってるよ」か細い声が言う。「大事な友だち。昔からの友だち。ぼくが虫だからって、傷つけたりしないはず」

「虫って、どんな虫？」アリスが少し不安になって聞いた。刺すのか刺さないのか、一番知りたいのはそこだったが、そういうことをきくのは失礼な気がした。

「えっ、それじゃあ、きみは――」か細い声が言いかけたところで、甲高い汽笛の音がした。乗客全員がおどろいて飛び上がり、アリスも例外ではなかった。

馬が窓の外に頭を突き出し、またすばやくひっこめた。「小川だよ。これから飛び越えるらしい」それを聞いてみんなは納得したようだが、汽車が飛び上がると考えただけでアリスはちょっと緊張してきた。「でも、それさえすめば、4のマスに到着できる。そう思えばへっちゃらよ！」と独り言。次の瞬間、客車がまっすぐ宙に浮き上がったのがわかり、アリスは脅えて一番手近にあるものに手を伸ばした。たまたまそこにあったのはヤギのあごひげだった。

ところが触れたとたんにヤギのあごひげは溶けて消えてしまい、気がつくとアリスは木の下にひっそりとすわっていた――そのあいだ蚊は（じつはこれがずっとアリスに話しかけていたのだった）、アリスの頭上に伸びる枝の上にとまり、落っこちないようバランスを取りながら、羽根をバタバタさせてアリスをあおいでやっていた。

蚊といっても、これがおどろくほど大きく、「ヒヨコぐらいあるんじゃないかしら」とアリスは思う。それでもずいぶん長いこと、いっしょにおしゃべりをしていたの

で、自然にしゃべることができた。
「――それじゃあ、きみは虫ならなんでも好きというわけじゃないの？」蚊は何事もなかったかのように、冷静に話を続けている。
「しゃべる虫は好きよ」とアリス。「あたしの国にはしゃべる虫はいないの」
「じゃあきみは、自分の国にいたとき、どういう虫に魅力を感じた？」
「魅力なんてちっとも」とアリス。「虫なんて怖いだけ――少なくとも大きな種類はね。どんな虫がいるか、名前を教えてあげましょうか」
「名前を呼ばれると、当然みんな、返事をするんだよね？」蚊がずいぶんあっさりと言った。
「えっ、知らなかった。返事するの？」
「でなかったら、名前なんて何の役にも立たないだろ？」と蚊。
「虫にとってはね。でも人間の役には立つわ。そうじゃなかったら、どうして、なんでもかんでも名前がついてるの？」
「さあ、どうしてだろう」と蚊。「ただ、森のずっと奥までいくと、名前のない世界があるよ――まあ、それはさておき、きみの国にどんな虫がいるか教えてよ。よけいなことはいいからさ」
「えーと、まずは馬にたかるアブでしょ」アリスは言いながら指を折って数えていく。
「馬といえば」と蚊。「ほら、あの枝のなかほどにとまってるのが、木馬虫。全身木でできていて、体を前後に揺らして、枝から枝へ飛びうつるんだ」
「何を食べて生きてるの？」アリスは興味津々。
「樹液とおがくず。で、ほかの虫は？」
アリスは木馬虫をじっと見ながら考えている。あれはきっと、古いものに新しくペンキを塗ったばかりなんじゃないかな。あんなにてかてかしていて、さわったら手にくっつきそう。
「あとは、トンボ」

「トンボと言えば、頭の上の枝を見てごらんよ」と蚊が言う。「あそこにいるのが“トンボ火ニ入ルクリスマスノムシ”と言ってね、体はクリスマス・プディング、羽根はヒイラギの葉、頭はブランデーをかけられて燃える干しブドウでできてるんだ」

「それは何を食べて生きているの？」やはりアリスはそこが気になるらしい。

「クリスマスに食べるフルメンティ（小麦をミルクで煮こんだ料理）とミンスパイ（ドライフルーツを酒につけこんだものを焼きこんだパイ）」と蚊が答える。「クリスマスの贈り物の箱に巣をつくるんだ」

アリスは頭からめらめら炎をあげている虫をつくづくと見たあとで、「それから、蝶」と、また新たな虫の名前を挙げながら、頭のなかでこんなことを思っている――虫がろうそくの火に飛びこむのが大好きなわけがようやくわかった。みんな“トンボ火ニ入ルクリスマスノムシ”になりたいんだ！

「蝶といえば、きみの足もとを這っている虫は」と蚊が言う（アリスはぎょっとして足をひっこめた）。「あれは朝食蝶。羽根は、薄くスライスしたパンにバターを塗ったもの、胴体はカリッとしたパン皮、頭は角砂糖でできてるんだ」

「それで、何を食べて生きてるの？」

「クリームを入れた薄いお茶」

ここでまた、新たな難問がアリスの頭に浮かび上がった。「それが見つからなかったら、どうするの？」

「そうなると、当然死ぬ」

「それってしょっちゅうじゃない？」アリスはちょっと考えてから言った。

「そう、しょっちゅう」

このあとアリスは、1、2分、黙って考えた。そのあいだ蚊はアリスの頭の周りをぐるぐる飛びまわって勝手に楽しんでいる。それからようやくとまると、こんなことを言った。「きみは自分の名前を忘れたくないんだね？」

「もちろんよ」アリスは言って、何やら少し不安になった。
「どうしてかなあ」蚊はのほほんとした口調で先を続ける。「名前なんて捨てて家に帰ったほうが、ずっと便利だと思うよ。たとえば家庭教師が勉強の時間にきみを呼ぼうとする。名前がなければ、『さあ、いらっしゃい――』の先が続かない。となると、きみが呼ばれたわけじゃないから行かなくてもすむ」
「そんなわけにはいかないわ」とアリス。「うちの家庭教師は甘くないの。あたしの名前を忘れたときには、召し使いのように、『お嬢さま』って、呼ぶまでの話よ」
「『お嬢さま』ならいくらでもいる。きみにかぎったことじゃないから、きみは勉強から逃げられる。お嬢さまだけに逃げるのもお上手、なんちゃって。いまのは洒落。きみもそれぐらい言えなくっちゃ」
「どうして、あたしが言わなくちゃいけないの？　そんなくだらない駄洒落」
　すると蚊は深いため息をついた。大きな涙が2粒、ぽろぽろと頬を転がり落ちていく。
「ねえ、悲しくなるなら、洒落なんて言わないほうがいいよ」とアリス。
　それからまた、小さいながら重苦しいため息が聞こえた。かわいそうに、今度ばかりは蚊も相当まいったらしく、ため息だけ残して消えてしまったようだ。アリスが顔を上げたときには、枝の上はからっぽ。アリスは長いことすわっていて、すっかり体

が冷えてしまったので、立ち上がってまた歩きだした。

するとまもなく、広々とした場所に出た。その向こう側に広がる森は、さっきの森よりもずっと暗く、なかに入るにはちょっとばかり勇気がいりそうだった。それでもやっぱり行かなきゃとアリスは心を決めた。「だってもどるつもりはないんだから」と自分に言い聞かせる。あの森をぬけなければ８のマス目にはたどりつけない。

「そうだ、きっとあの奥にあるのよ。名前のない世界が」アリスは考えこみながら言った。「そこに行ったら、あたしの名前はどうなるんだろう？　すっかり忘れちゃったら嫌だな。べつの名前をもらったとしても、どうせおかしなものだろうし。あたしの名前をべつの生き物がもらうことになったら、それを探すのも面白いかもね！　ほら、迷い犬の広告に『“ダッシュ”と呼ぶと答えます――真鍮の首輪をしています』なんて書いてあるじゃない。目につくものすべてに、『アリス』って呼びかけていくのはどうかな、『はい！』って答えるものが出てくるまで！　だけど賢い相手なら、わざと答えないでいるかも」

こんなふうにぶつぶつ独り言を言って歩いているうちに、森にたどりついた。見るからに寒々しく、暗い。「でも、とっても気持ちがいい」アリスは言って、木立のなかに入っていく。「暑いさなかを歩いてきたあとで、こんなふうにひんやりした――ひんやりした――？」名前が頭に浮かばないので、アリスは焦ってきた。「ほら、ひんやりした――これ、これ」木の幹を手でぱんぱんとたたきながら言う。「――の下で涼めるなんて。あれ、これ、なんて言うんだっけ？　名前はないのかしら――本当にないの？」

しばらくアリスは立ったまま、黙って考える。それからふいにまたしゃべりだした。「それじゃあ、ここは本当に名前のない世界なんだ！　だったら、あたしは誰？思い出せるから、大丈夫。なんとしてでも思い出してみせる！」しかしいくら固く決意したところでさっぱり思い出せず、困った挙げ句に、「リ、リで始まる名前！」と言うのが精一杯。

するとそこへ、子ジカが迷いこんできた。優しげな目を大きくひらいて、アリスをじいっと見ながら、少しも脅えるようすはなかった。「おいで！　おいで！」アリスは言って、子ジカをなでてやろうと手を伸ばした。ところが子ジカはさっと後ずさ

り、その場でまたアリスの顔をじいっと見つめる。
「ねえ、あなたの名前は？」とうとう子ジカが言った。その声の愛らしいこと！
「それがわかればいいんだけど」かわいそうに、アリスは悲しげに言った。「いまのところ、ないみたい」
「よく考えて、名前がなくちゃ困るでしょ」
　アリスは考えたが、やっぱり何も出てこない。「ねえ、あなたの名前を教えてくれない？」アリスはおずおずと言った。「そうしたら、あたしも少しは思い出すかもしれない」
「もうちょっと先まで行ったら教えてあげる」と子ジカ。「ここにいると思い出せないの」

それでふたりして森のなかを進んでいった。アリスは子ジカの柔らかな首を愛しむように腕をまわし、しっかり抱くようにして歩いていく。やがてまた新たな空き地にたどりついた。そのとたん、子ジカは弾かれたように、いきなり宙に飛び上がり、アリスの腕を振り払った。「あたし、子ジカだった！」うれしくてたまらないというように大声で言う。「キャッ！　人間の子どもがいる！」美しい褐色の目に警戒の色が浮かんだかと思うと、ふいに子ジカは矢のように飛び出し、全速力で逃げていった。

子ジカの後ろ姿を目で追いながら、アリスは立ち尽くした。かわいい旅の道連れをこんなにも早く失ってしまったのが悔しくて、いまにも泣きだしそうだ。「でも、自分の名前がわかったんだからいいわ。アリス――アリス――もう二度と忘れない。さてと、ふたつある標識のどっちに従ったらいいんだろう？」

これはさほど難しい問題ではなかった。何しろ道は１本道で、どちらの標識もその道を指している。「道が途中で分かれて、ふたつの標識がそれぞれべつの道を指すようになったら考えればいいわ」

ところがそんなことにはなりそうにもなかった。ずいぶん長い距離を歩いていき、途中で分かれ道になっても、ふたつの標識は必ず同じ道を指している。ひとつには「**こちらはトゥィードルダムの家**」と書いてあり、もういっぽうには「**トゥィードルディーの家はこちら**」と書いてある。

「そうか」ついにアリスは気がついた。「ふたりとも同じ家に住んでるんだ！　いままで気づかなかったのが不思議なくらい――だけど着いたところで、ぐずぐずしてはいられないわ。『初めまして』ってあいさつをしたら、森を出る道を聞かないと。どうしたって、暗くなる前に８マス目にたどりつかなくちゃ！」それでぶつぶつ独り言を言いながら、先へ先へと歩いていったところ、やがて急な曲がり角にさしかかった。そこを曲がったところで、太ったふたりの小男にいきなり出くわしたのでアリスはびっくり。一瞬後ずさったものの、すぐ落ち着いて、この人たちがそうにちがいない、と確信した。

第4章
トゥィードルダムとトゥィードルディー

ふたりは木の下に立ち、お互いの首に片腕を回していた。どっちがどっちだか、アリスにはすぐわかった。なぜならひとりの襟には“**ダム**”、もうひとりの襟には“**ディー**”と文字が刺繍してあったからだ。きっと、どちらの襟の後ろ側にも、“**トウィードル**”という刺繍があるのだろうとアリスは思う。

あまりにしんと立ち尽くしているので、アリスはこのふたりが生きていることもすっかり忘れ、“**トウィードル**”という刺繍があるのを確かめようと、遠慮なくふたりの襟の後ろをのぞきこんだ。すると、“**ダム**”の襟のほうから声がしてびっくり。

「わしらをロウ人形だと思っとるんなら、見物料を払っていただかんといけませんな。ただで見ようなど、あんたそりゃ虫がよすぎるというもんだ！」

「逆に」“**ディー**”の刺繍があるほうが言い添える。「わしらが生きていると思っとるんなら、話しかけてしかるべきだろうが」

「本当にごめんなさい」アリスとしてはそう言うしかなかった。そのあいだ頭のなかで、古い歌の歌詞が、時を刻む時計のように始終鳴り響いていて、口に出さずにはいられなかった。

トゥィードルダムとトゥィードルディー
戦うことに決めたんだ
新品のかっこいいガラガラ
トゥィードルディーが壊したから

ところがそこへ巨大なカラス
タールみたいに真っ黒け
ふたりは神経すりへらす
喧嘩も忘れて腰くだけ

「あんたが何を考えとるか、わかっとるよ」とトゥィードルダム。「しかしそいつはちがう。まったくのおかどちがいだ」
「逆に」トゥィードルディーが続ける。「もしそうだったなら、そうだったんだろうし、かりにそうだったとしてみたら、そうだったんだろうが、じつはそうでないから、そうでない。これが論理というものですな」
「あたしが考えていたのは」アリスはていねいに切り出した。「この森から出る一番の近道はどれかなってことです。暗くなってきてるし、教えてもらえませんか？」
　けれども太ったふたりの小男は互いの顔を見あってニヤニヤ笑うだけ。
　そのようすを見ていると、年をとった小学生みたいに思えてきて、アリスは思わずトゥィードルダムを指さして、「そこの男子！」と言ってしまった。
「ことわる！」トゥィードルダムが大声で言い放ち、口をぴしゃりと閉じた。
「隣の男子！」アリスは今度はトゥィードルディーを指さしたが、そっちはきっと「逆に！」と、また言い出すだけだとわかっており、実際その通りだった。
「最初からなっとらん！」トゥィードルダムが声を張りあげた。「初めて訪ねてきたら、まず『初めまして』と言って握手をするものじゃないかね！」ここで双子の兄弟はひしと抱き合い、それからあいているほうの手を、そろってアリスに差し出した。
　どちらと最初に握手をしても、あとにされたほうの機嫌を損ねるだろう。仕方なくアリスはふたりの手をいっぺんに取った。そして次の瞬間、３人輪になって踊ってい

UM
DEE

た。（あとになって思い出しても）とても自然で、音楽が聞こえてきてもおどろかなかった。音楽は3人の真上の木が奏でているようで、バイオリンの弦を弓でこするように、枝どうしでこすれ合って音を出していた（アリスにはそうとしか思えなかった）。

のちにこの体験を始めから終わりまで姉に語ったとき、アリスはこう言った——「でも、あれはやっぱりおかしかったな。だって気がついたら『桑の木をぐるぐる回って』を自分で歌ってるんだもん。いったいいつ歌いだしたんだか。でもなんとなく、もうずうっと前から歌っている気がしたんだよね」

双子の兄弟はともに太っていたから、あっというまに息が切れてきた。「一度のダンスで4周もすれば十分」トゥィードルダムが息を切らしながら言い、始まったときと同じように、ふたりとも突然ダンスをぴたりとやめ、それと同時に音楽もやんだ。

それからふたりはアリスの手を放し、しばらく立ったままアリスの顔をじっと見ている。アリスはきまりが悪くなってきて、何か話そうと思うものの、たったいまいっしょにダンスを踊り終えた相手に何を言ったらいいのか思いつかない。いまになって「初めまして」は絶対おかしい。すでにダンスまでした仲なのだから。

「あまり疲れさせてしまっていなければいいけど」ようやくそれだけ言った。

「心配無用。あんたはやさしいところがおありなさる」とトゥィードルダム。

「感心至極」トゥィードルディーも言う。「あんたは詩がお好きかね？」

「……ええ、まあ。なかには好きな詩もあります」アリスは自信なさそうに言った。「森から出るにはどの道を行ったらいいんでしょう？」

「さて、どの詩を暗唱してやろうかね？」トゥィードルディーがトゥィードルダムを振り返り、大まじめな顔で言う。アリスの質問は完全に無視された。

「“セイウチと大工”が一番長いぞ」トゥィードルダムが答え、愛情たっぷりに兄弟を抱きしめる。

すかさずトゥィードルディーが暗唱を始めた。

「お日様さんさん——」

そこでアリスが口をはさむ。「もしすごく長い詩でしたら」と、できるだけていねいに切り出した。「最初に道を教えてもらいたいんですけど——」

トゥィードルダムはにやっと笑ってから、また暗唱を始める。

お日様さんさん海の上
日射(ひざ)しふりまく力いっぱい
それはもうしゃかりきに
凪(なぎ)の海はまぶしいまぶしい
いやいやそれはおかしいぞ
だっていまは真夜中だ

むっとしているお月様
なんであの人出てるのよ
昼の時間が終わったら
あなたの出番も終わるのよ
「礼儀(れいぎ)知らずの無法者(むほうもの)
あたしの時間を返してよ」

海は濡(ぬ)れに濡れ
砂(すな)は乾(かわ)きに乾き
雲はどこにも見えない
なぜって雲ひとつない空だから
頭上に鳥１羽見えない
なぜって空飛ぶ鳥がいないから

そこへセイウチと大工、現(あらわ)れる
ふたり並(なら)んで歩いてみても
砂、砂、砂で涙(なみだ)にくれる
「いっそ砂を掃(は)いちまったら」
ふたりそろって考えた
「きっとすごい景色が現れる！」

「７人の侍女が７つのほうきで
半年かけて掃き掃除
そしたらきれいになるだろか」
セイウチ、大工にたずねたら
「無理だろうよ」と大工は言って
苦い涙を１粒こぼす

「やあ牡蠣くんたち、散歩に行こうよ！」
セイウチ誘った、一生懸命
「そぞろ歩きに楽しいおしゃべり
潮の香がする浜辺をぶらり
ただし一度に４個まで
手をつないで行くからね」

長老の牡蠣、セイウチをじろり
しかし物は言わずむっつり
長老の牡蠣、片目をぱちり
重たげな首を横に振り
それがすなわち言葉のかわり
牡蠣床は出んぞと、きっぱり

そこへ駆(か)けつけた若い牡蠣(かき)4個(こ)
楽しいことに目がない若者
コートにブラシをかけて顔洗(あら)い
靴(くつ)も磨(みが)いてぴっかぴか
いやいやそれはおかしいぞ
だって牡蠣には足がない

あとに続く新たな牡蠣4個
その後ろにもまた4個
ついにはぞろぞろ
わんさか来たぞ
泡立(あわだ)つ波間をぴょんぴょん飛んで
岸にむかって一目散(いちもくさん)

セイウチと大工
1マイルほど歩いていって
それから岩でひと休み
これがちょうどいい高さでね
小さな牡蠣は勢(せい)ぞろい
きちんと並(なら)んで立っている

「じゃあそろそろ」とセイウチ
「話すことが山ほどあるよ
　靴のこと船のこと封蝋のこと、
　キャベツや王さまたちのこと、それから
　海がどうしてぐつぐつ煮え立ってるか
　ブタには翼があるのかどうか」

「待ってくれよ」と牡蠣が言う
「話の前に聞いてくれ
　息が切れてるヤツがいる
　オレたちみんな太ってる！」
「いやいや急ぐ必要ありゃせんよ」
　大工に言われ、牡蠣たち大いに感謝した

「パンのかたまりひとつ」とセイウチ
「それがなくては始まらない
　それにコショウと酢があれば
　あとは何も言うことない
　さあ牡蠣くんたち、用意ができたなら
　さっそくご馳走いただこう」

「ウソだろ、ウソだろ」牡蠣たちどよめく
　ちょっぴり顔も青ざめた
「あんなに優しくしておいて
　こんなひどい仕打ちをするなんて！」
「すばらしい晩だよ」とセイウチ
「ほら景色を楽しんで」

「よくぞはるばる来てくれた！
　きみたちホントにいいやつだ」
　大工がセイウチに言ったのはこれだけ
「もうひと切れパンを切っとくれ
　おまえ聞いていないのか
　わしはさっきから言っている！」

「かわいそうに」とセイウチ
「こんな手口にだまされて
　はるばるここまで連れられて
　大急ぎでやってきた」
　しかし大工は涼(すず)しい顔
「こりゃバターの塗(ぬ)りすぎだ！」

「ああ泣けてくる、心から同情する」
　セイウチ言って
　しくしく泣きながら手動かし
　一番大きな牡蠣(かき)選び出し
　ハンカチ広げて顔隠(かく)し
　泣きまねしながら牡蠣食し

　そこで大工がひとこと
「おい牡蠣たち、行きの駆(か)けっこ楽しかったな！
　帰りも走るか、とことこと」
　ところが返事は返らぬ、ひとことも
　それは少しもおかしくない
　ふたりが全部食べたんだから

「あたしはセイウチが好き」とアリス。「だって食べられちゃう牡蠣を、少しでもかわいそうに思ってるわけでしょ」
「しかしこいつは大工よりたくさん食った」とトゥィードルディー。「ハンカチで顔を隠したのは、食った数を、大工が勘定できないようにするためなんだ——逆に」
「それってずるい！」アリスが憤然として言う。「それなら、大工のほうが好き。セイウチほどたくさん食べなかったんだから」
「だけど大工は食えるだけ食った」とトゥィードルダム。
　こうなると難しい。しばらくしてアリスは口をひらいた。「それじゃあ、ふたりとも嫌な——」そこでアリスはぎょっとして言葉を切った。近くの森で大きな機関車が蒸気を吐き出すような音がしたからだ。ひょっとしたら野獣の吠え声かもしれないとアリスは脅えた。「このあたりにライオンとかトラはいる？」びくびくしながら聞いた。
「赤の王がいびきをかいてるだけだ」トゥィードルディーが言った。
「おいで、見せてやろう！」双子の兄弟は言うと、ともにアリスの手をつかんで王の寝ているところへ引っ張っていく。

「なんとも愛くるしいと思わんかね？」とトゥィードルダム。

正直言って、アリスにはそうは思えなかった。房飾りのついた背高のっぽの赤いナイトキャップをかぶって、だらしなく丸まっているようすは、山積みにしたぼろ布のようだ。そのいびきがまたごうごうとすさまじく、「あれじゃあ、いまに頭がもげてしまうな！」とトゥィードルダムが言うほどだった。

「あんな濡れた草の上で寝ていると風邪をひくんじゃないかしら」まだ小さい女の子ながら、アリスはこういうところに気が回る。

「夢を見とるんだよ」とトゥィードルディー。「で、あんたは、どんな夢を見てると思いなさるね？」

アリスは答えた。「そればっかりは誰にもわかりません」

「なんと、あんたが出てくる夢なんだ！」トゥィードルディーは勝ち誇ったように両手を打ち合わせる。「王さまが夢から覚めたら、あんたはどこにいっちまうかね？」

「どうもならず、いまのまま」とアリス。

「こいつはおどろいた！」トゥィードルディーがばかにするように言う。「あんたはどこにもいなくなるんだよ。夢に出てくるまぼろしなんだから！」

「王さまが目を覚ましたら」トゥィードルダムが言いそえる。「あんたは――パッ！――ろうそくの火と同じように消えるんだ！」

「そんなわけないわ！」アリスは怒って大声で言った。「だいたい、あたしが王さまの夢に出てくるまぼろしなら、あなたたちはなんなのか、教えてほしいわ」

「右に同じだよ」とトゥィードルダム。

「右に同じ、右に同じ！」とトゥィードルディーが叫ぶ。

それがまたものすごい大声だったので、アリスはこう言わずにはいられなかった。

「しーっ！　静かにしないと王さまが目を覚ましちゃうわ」

「王さまが目を覚ますとか覚まさないとか、あんたがとやかく言ってもどうにもならん」とトゥィードルダム。「あんたは王さまの夢のなかのものでしかないんだから。本物じゃないのは、自分でもわかってるはずだぞ」

「本物だもん！」アリスは、とうとう泣きだしてしまった。

「泣いたって本物にはなれんぞ」トゥィードルディーが言う。「泣くことはない」

「あたしが本物じゃないなら」あまりにもばかばかしくなってきて、アリスは涙を流しながら、半分笑って言った。「泣いたりなんかできないはずよ」
「おやおや、その涙が本物だと、まさかそんなことは思いますまいな？」すっかり軽蔑する口調でトゥィードルダムが言う。
　この人たち、わざとわけのわからないことを言って楽しんでるんだ。そんなことで泣くのもばかみたいだとアリスは思い、涙をさっと拭って、できるだけ陽気に言った。「なんでもいいけど、そろそろ森から出ないと。うかうかしてると真っ暗になっちゃう。雨は降ると思う？」
　トゥィードルダムはふたりの頭上に大きな傘を広げてから、じっと上を見る。「い

いや、降りませんな。少なくともこのなかには降らない」
「でも傘の外には降る？」
「でしょうな――雨が降りたいと思えば」トゥィードルディーが言う。「わしらはそれに異論はない。逆に」

「勝手な人たち！」と思ったアリスが「さよなら」と言って立ち去ろうとすると、トゥィードルダムが傘の下から飛び出してきて、アリスの手首をつかんだ。

「あんた、あれが見えなさるかい？」興奮のあまり喉をつまらせたような声でトゥィードルディーが言う。一瞬のうちに両目が大きく黄色くなり、震える指で、木の下に転がっている小さな白いものを指さした。

「ただのガラガラよ」小さな白いものを慎重に観察したあとで、アリスは言った。「ガラガラヘビじゃないから」あわてて言い足したのは、トゥィードルディーが脅えていると思ったからだ。「ただの古いガラガラ——古いし、壊れてる」

「だと思った！」トゥィードルダムが怒鳴って足を踏みならし、髪をかきむしる。「やっぱり、壊された！」そこでトゥィードルディーをじろっとにらむ。にらまれたほうは地面にぺしゃんとすわりこみ、傘のなかに全身を隠そうとしている。

アリスはトゥィードルダムの腕に手を置いて、なだめにかかった。「そんな古いガラガラのことで、そこまでぷんぷん怒る必要ないわ」

「古くなんかない！」トゥィードルダムがさらに興奮して怒鳴る。「新品も新品。なにしろ——昨日買ったばかりの——新しくて、かっこいいガラガラなんだあ——！」とうとうトゥィードルダムは絶叫した。

そのあいだトゥィードルディーは傘をたたむのに一生懸命。自分もいっしょにたたみこもうとして、必死のようすだ。怒りまくるトゥィードルダムにあっけにとられていたアリスも、これには思わず目を向けた。トゥィードルディーはなかなか成功せず、しまいにはごろんと横転して傘のなかにすっぽり入りこみ、頭だけ外に出す始末。口をぱくぱく、大きな目をまんまるにして、魚みたいだとアリスは思う。

「当然、決闘するよな？」トゥィードルダムが少し落ち着いてそう言った。

「まあ、そうだろうな」もう一方が傘から這い出てきて、すねた口調で答えた。「それには、この娘に身じたくを手伝ってもらわないといかんぞ」

そんなわけで、双子の兄弟は手に手を取り合って森の奥へ入っていき、しばらくすると腕いっぱいにさまざまなものを抱えてもどってきた。長枕、毛布、暖炉の前の敷物、テーブルクロス、皿覆い、石炭バケツなどなど。「あんた、ピンでとめたり、ひもを結んだりといったことが、造作なくできるといいんだが」トゥィードルダムが

言う。「どうにかして、一切合切、身につけんといかんのだよ」

　生まれてからこの方、何かをするのにこれだけ大騒ぎになるのは初めてだったとアリスはのちに言っている。せわしなく動き回るふたりに、さまざまなものを次々と着せていく。量も手間も半端ではなく、ひもを結んだりボタンをとめたりと、てんてこまい——「全部を着終わったときには、古着をひとまとめに縛った荷物みたいになってるよね、きっと」アリスは独り言を言いながら、トゥィードルディーの首回りに長枕をあてがう。「首をはねられては、かなわんからな」とトゥィードルディー。「よろしいかな」トゥィードルディーはこのうえなく厳粛な口調で言い足す。「決闘のさなかに起きる可能性のある最悪の出来事とは、人の首がはねられることなのだ」

　アリスは声をあげて笑った——しかし相手の気持ちを考えて、なんとか咳をしたように見せかけた。

「わしは、すごく青ざめているように見えるかね？」兜をつけてもらいにやってきたトゥィードルダムが聞く（兜とは言うものの、どう見てもそれは片手鍋だった）。

「えっと――うん、ちょっとだけ」アリスは優しく答えた。
「ふだんはもっと堂々としておるのだが」トゥィードルダムが小声で続ける。「今日はたまたま頭痛がするんだよ」
「わしは歯痛だ！」横で聞いていたトゥィードルディーがすかさず言う。「おまえよりずっとひどいんだぞ！」
「じゃあ、今日は決闘はやめたほうがいいんじゃないかな」仲直りさせるいい機会だと思い、アリスはそう言った。
「いささかでも戦わんと。そんなに長時間は好まんが」とトゥィードルダム。「いま何時かね？」
トゥィードルディーが自分の腕時計を確認して言う。「4時半」
「6時まで戦って、そのあとで晩めしにしようじゃないか」とトゥィードルダム。
「じゃあやるか」相方がずいぶん悲しそうに言う。「あんたは見学しててもかまわん

よ。ただしあまり近づかんほうがいい。わしはたいてい目に映るものを片っ端から殴るから――えらく興奮するとな」
「わしは手の届くところにあるものは片っ端から殴る」とトゥィードルダム。「見えようが見えまいが、おかまいなしにな！」
　アリスは声をあげて笑った。「じゃあ、このへんの木をほとんど殴ることになるね」
　するとトゥィードルダムが満足げに顔をほころばせて、あたりをぐるっと見やった。「戦いが終わる頃には、このあたりの木は１本残らずなくなっとるよ！」
「それもこれも、ガラガラひとつのために！」アリスは言った。どうでもいいことで戦う愚かさを少しでも恥じてもらいたかった。
「わしだって、あれが新しいものじゃなかったら、そこまで気にはしなかった」とトゥィードルダム。
　巨大なカラスが飛んできたらいいのにと、アリスは思う。
「剣は１本しかない」トゥィードルダムが相方に言う。「だがおまえには傘がある――そいつはじつに鋭いぞ。とにかく早く始めないと。どんどん暗くなってきた」
「一気に暗くなってきたぞ」とトゥィードルディー。
　いきなり真っ暗になったので、雷雨でも近づいているんじゃないかとアリスは思う。「なんて分厚い、真っ黒な雲かしら！　ものすごい速さで近づいてくる！　きっと翼があるんだわ！」
「カラスだ！」トゥィードルダムが危険を察知して甲高い声で叫ぶと、双子の兄弟は一目散に駆けだして、あっという間に姿を消した。
　アリスは森のなかへ少し走っていって、大きな木の下で足をとめた。「ここまで来ればもう安全。カラスもあんな大きな体じゃ、木々のあいだに潜りこめないはず」と安心する。「でも、あんなに翼をバサバサしないでほしいなあ――森に台風が起こったみたい。あっ、誰かのショールが吹き飛ばされた！」

第5章
羊毛と水

言いながらアリスはショールをつかみ、持ち主をさがす。と、白の女王がしゃかりきになって森を突っ走ってくるのが見えた。まるで空を飛んでいるかのように両腕を大きく広げている。アリスはショールを捧げ持ち、うやうやしく女王のところへ持っていく。
「たまたま近くにいたものですから、よかったです」アリスは言って、女王の肩にまたショールをはおらせてあげた。

白の女王はすっかりおろおろして、情けない目でアリスの顔をじっと見ながら、「バター付きパン、バター付きパン」とぶつぶつ独り言を言っている。これでは自分から話題を持ち出さないと会話にならないと思い、アリスはおずおずと切り出した。
「あの、白の女王さまでいらっしゃいますか？」
「いらっしゃい！　いらっしゃい！……って、わたしはお客さんではありませんよ。だまっていらっしゃい」と女王。

いきなり喧嘩になるのも嫌だったので、アリスはにこっと笑って言う。「すみませんでした。女王さまに話しかける場合、どのようにしたらいいのか、礼儀を教えてくだされば気をつけます」
「気をつけなんていりませんわ！」哀れな女王はうめくようにいった。「いるのは着つけ。この2時間、あれこれ手を尽くしたというのに、ぜんぜんうまくいかないの」

　たしかに身じたくを手伝う人が必要だとアリスは思う。何しろ女王のかっこうときたら、目もあてられないほどだらしがない。なんでもかんでも位置がずれていて、やたらめったらピンでとめてある。そこでアリスは女王に申し出た。「ショールをまっすぐにしてさしあげましょうか？」
「このショール、いったい何が気に入らないのか、わけがわからないの」女王が悲しそうに言う。「なんだかいらいらしていて、ここをピンでとめ、あそこをピンでとめと、いろいろ気をつかってやっているのに、少しも喜んでくれないのよ」
「片側（かたがわ）だけにたくさんのピンをとめても、まっすぐにはなりませんよ」アリスはそう言って、ショールの位置を整えてからピンでとめてやる。「まあっ、女王さま、この髪（かみ）はどうなさったんですか！」
「ブラシがからまっちゃって」女王はため息をつく。「櫛（くし）は昨日なくしてしまったの」
　アリスは髪からブラシを慎重（しんちょう）にはずし、できるかぎりきれいに整えてやった。「女王さま、ぐっと素敵（すてき）になりましたよ」あちこちのピンをとめ直してからアリスは言った。「やはり侍女（じじょ）をひとりぐらい雇（やと）うべきだと思います」
「じゃあ、喜んであなたを雇いましょう！」女王が言った。「週に２ペンス、１日おきにジャム付きという条件（じょうけん）でね」
　これにはアリスも思わず笑いをもらし、女王にこう言った。「べつにあたし、雇ってほしいわけじゃないんです――ジャムも好きではありませんし」
「極上のジャムなのに」と女王。
「そうかもしれませんけど、とにかく今日はジャムは欲（ほ）しくないんです」
「欲しいと言ったって、だめなのよ」と女王。「ジャムが支給（しきゅう）されるのは昨日と明日（あした）だけ。つまり今日という日にジャムがもらえることはないのよ」
「一日おきなんですから、その日が今日になることもあると思いますが」
「いいえ、ありえません。今日は今日であって、昨日でも明日でもないの」
「わけがわかりません。頭のなかがめちゃくちゃにこんがらがってきました」
「時間をさかのぼって暮（く）らしていれば、それはしょうがないことなのよ」女王が優（やさ）しく言った。「最初は誰（だれ）でもちょっとめまいがして――」
「時間をさかのぼって暮らす！」アリスはびっくりして女王の言葉をオウム返しにし

た。「そんな話、聞いたことありません！」

「――でもね、それはそれですばらしいこともあるの。覚えているのは昔のことだけじゃないのよ。先のことも覚えているのよ」

「あたしは昔のことしか覚えていません。まだ起きていないことを覚えるなんて無理です」

「昔のことしか覚えられないなんて、情けないわねえ」

「じゃあ、一番はっきり覚えているのはどんなことですか？」アリスは思い切って聞いてみる。

「それはもちろん、1週間後に起こることよ」女王はなんでもなさそうに言う。「たとえば」と言いながら大きな絆創膏（ばんそうこう）を指に巻（ま）きつける。「王の使者がいるでしょう？

彼はいま裁判の結果、牢獄に入っているの。そして、その裁判は来週の水曜日になってようやく始まるのよ。当然ながら、罪を犯すのは一番最後」
「じゃあ、罪を犯さずにすむんじゃないですか？」
「それはそれでいいことだと思わない？」女王は言って、絆創膏を巻きつけた指に小さなリボンを結びつけた。
　たしかにそうだとアリスも思った。「もちろん、そのほうがずっといいです。でも罰を受けなくてすむのなら、さらにいいです」
「いいえ、それはちがうのよ」と女王。「あなたは罰を受けたことがあるかしら？」
「いけないことをしたときは」とアリス。
「そのおかげで、いい子になったのよ！」女王が勝ち誇ったように言う。
「はい、でもあたしは悪いことをしたんだから、罰を受けて当然だけど、その使者は悪い事をしていないから、事情がまったくちがいます」
「でもあなただって悪いことをしていなければ、そのほうがずっといいでしょ。ええ、そうよ、そうですとも。ええ、ええ、エエーーーーッ！」だんだん声が大きくなり、最後の「エエーーーーッ」は甲高い悲鳴のようになった。
「でもそれは、どこかにきっとまちがいが――」と言いかけたアリスは、そこで女王が突然大きな金切り声をあげたので、思わず口をつぐんだ。「いっ、いっ、いっ！」女王は叫びながら、何かを振り払いたいかのように手を激しく振っている。「指から血が出てくる！　ぶっ、ぶっ、ぶっ、ぶおーーーーーーっ！」
　蒸気機関車の汽笛を思わせる声にたまらなくなったアリスは、両手で耳をふさいだ。
「どうしたんですか？」合間を見つけて、すかさず聞く。「指を刺したんですか？」
「まだ刺していないわ」と女王。「でもまもなく――あっ、あっ、あっ！」
「いつ刺すんですか？」アリスは言いながら、笑いだしそうになる。
「ショールをまたとめたとき」哀れな女王がうめくように言った。「ブローチがはずれてブスッとくるのよ。あっ、きた！」言ったそばからブローチがはずれて飛び、女王は必死に手を伸ばしてブローチをつかみ、またとめようとする。
「あっ、ちょっとちょっと！」アリスは声を張りあげた。「ピンを曲がったまま持ってますよ！」そう言ってブローチに手を伸ばそうとしたのだが、もう遅かった。ピンがすべって、それで女王は指を刺してしまった。

「血が出てくると言った、その理由がわかったでしょう」女王はアリスに言って、おっとりと笑う。「これであなたもこの世界がどうなっているか、よくおわかりね」

「でも痛いのに、どうして悲鳴をあげないんですか？」アリスは耳を手でふさぐ用意をしながら聞く。

「なぜって、悲鳴は先にあげたでしょ」と女王。「もう１回初めからやり直しても意味はないのよ」

　気がつくと空は明るくなってきていた。「カラスは飛び去ったんだ」とアリス。「よかった。暗くなったのは夜になるせいだと思っていたけど、ちがったのね」

「わたしも“よかった”とほっとできたらいいのに！　でもね、どうすればそんな気持ちになれるのか、やり方を忘れてしまったの。あなたはいいわね。この森のなかにいながら、好きなときに“よかった”とほっとできるのだから！」

「でも、ここはすごく寂しいところです」アリスの口から悲しげな声がもれる。自分がひとりぼっちであることを思い出したら、大粒の涙が２つ、頬を転がり落ちた。

「だめよ、だめだめ！」女王が心配そうに両手を揉みしだく。「考えるのよ。自分はもうこんなに大きいんだって。今日どんなに長く歩いたか考えるの。いま何時だか、それを考えてもいいわね。とにかく何かしら考えて、泣かないでちょうだい！」

　これにはアリスも涙を流しながら、くっくと笑いだした。「何か考えていると泣かないですむんですか？」

「当然のことよ」女王がきっぱりと言う。「誰もふたつのことを一度にはできやしないの。手はじめに自分の年を考えてごらんなさい――あなたはいくつ？」

「正確に言うと、７歳と６か月」

「正確に言うとですって？　べつにそんなふうに断らなくても信じるわ。ところで、あなたは信じられるかしら？　わたしはちょうど101歳と５か月と１日だと言ったら」

「信じられません！」とアリス。

「まだ無理なのね」女王が同情する口ぶりで言う。「では、もう一度信じようとしてみなさい。今度は息をたっぷり吸って目を閉じて」

　アリスは声をあげて笑った。「そんなことをしても無駄ですよ。誰だってありえないことは信じられないもの」
「いいえ、あなたは練習が足りないの。わたしがあなたぐらいの年には、1日に30分、いつも練習していたのよ。朝食を食べる前に、ありえないことを6つも信じられたことだってあったわよ。あっ、またショールが！」
　女王がしゃべっているあいだにブローチがはずれてしまい、突風で、ショールが小川の向こうへ吹き飛ばされた。女王はまた腕を大きく広げて、そのあとを追いかけていき、今度は自分の力でショールを取りもどした。「やったわ！」勝ち誇ったように声をあげる。「見ててね、今度は自分でピンをちゃんととめてみせるわ！」
「それじゃあ、もう指の傷は治ったんですね？」とてもていねいな口調でそう言うと、アリスは女王のあとを追いかけて小川を渡った。

「ええ、そうよ！」女王は声を張りあげ、その声がどんどん甲高い悲鳴のようになっていく。「ええ、そうですとも！　ええ！　エエーーー！　メエエエエーーーー！」最後は羊の鳴き声のように長く響いたので、アリスはぎょっとする。

女王に目を向けると、いつのまにか羊毛で、すっぽり身をくるんでいるように見える。アリスは目をごしごしこすって、もう一度よく見てみる。いったい何が起きたのかさっぱりわからない。ここはお店のなか？　それでもって、あの、あの――カウンターの向こうにすわっているのは本物の羊？　いくら目をこすってみても、それ以上のことは何もわからない。アリスは狭く薄暗い店のなかにいて、カウンターの上に両肘をついて身を乗り出していた。向かい側には年老いた羊が１匹、肘掛け椅子に腰を下ろして編み物をしており、時々手を休めては大きなメガネ越しにこちらをじろりと見ている。

「何を買いたいんだね？」編み物から顔を上げて、ようやく羊が言った。

「まだ決まっていないんです」アリスはとてもていねいに言った。「よろしければ、お店のなかをぐるりと見せてもらいたいのですが」

「まあそう言うなら、前は見ていいし、両側も見ていい」と羊。「しかしぐるりと全方向を見るのは無理だね――頭の後ろに目がついていないかぎり」

アリスの頭の後ろには目はついていなかったので、棚に近づいていって頭をめぐらせながら見るということで良しとした。

店内にはありとあらゆる奇妙なものがぎっしり並んでいた――けれども一番奇妙だったのは、何がのっているかと、アリスが棚にじっと目を向けたとたん、その棚がからっぽになり、まわりの棚がいっぱいになることだった。

「ここ、売り物が勝手に移動してる！」アリスはとうとう泣きだしそうな声で言った。それというのも、人形か道具箱かよくわからないが、何やらまぶしく光る大きな品物を見ようとしばらく目を向けていると、いつのまにかそれが、見ていた棚のすぐ上の棚に移動しているからだ。「この品物が一番しゃくにさわる――これが何だか突きとめたい――」アリスはふいにいいことを思いついた。「棚のてっぺんまで見つづけてやるわ。そうしたら、天井に突き当たって、まごつくはずよ！」

ところがこの作戦は失敗だった。こんなことは朝めし前だと言うように、その“品物”は天井をするりとぬけてしまったのだ。

「あんたは子どもかい、それともコマかい？」羊が言って、編み棒をもうひと組引っ張りだした。「そんなふうにくるくる回っていられちゃあ、こっちはじきに目が回っちまうよ」羊はいまでは14組もの編み棒をカチャカチャカチャカチャと一度に動かしており、おどろいたアリスは吸い寄せられるように羊の手もとを見ている。

あんなにたくさんの編み棒をいっぺんに動かして、いったいどうやって編んでいるんだろうとアリスは思う。羊が、だんだんヤマアラシみたいになってきた！

「舟は漕げるかい？」羊が言い、しゃべりながらアリスに編み棒のひと組を差し出す。

「はい、少しは――でも陸では無理だし、編み棒では漕げ――」アリスが言いかけると、いつのまにか両手に持っていた編み棒がオールに変わっていた。気がつけば、アリスは小さな舟に乗っており、舟は土手のあいだをすいすいと進んでいたので、これはもう精一杯漕ぐしかないと観念した。

「フェザー！」羊は自分でもまたべつの編み棒ひと組を手に取り、アリスに向かって怒鳴る。

何かを質問されているわけでもなさそうだったので、アリスは何も言わずに舟を漕ぎだした。ところがこの水がまったく奇妙な感じがする。オールを差し入れると、がつんと水につかまれるような感じがして、なかなかぬけなくなることが何度かあった。

「フェザー！　フェザー！」羊はまた怒鳴り、さらに多くの編み棒を引っ張りだす。

「そんなんじゃ、カニをつかんじまうよ」（“カニをつかむ”というのは、オールを水に深く入れすぎてひっくり返ることを言うのだが、アリスはそんなこととは知らない）。

「かわいいカニさん！」アリスは心のなかで喜んだ。「いいなあ」

「フェザーと言ったのが聞こえなかったのかい？」羊は怒って言いながら、山ほどの編み棒を動かしている。（“フェザー”というのはオールを水に取られないよう、水平に構えることを言うのだが、これもまたアリスは知らない）。

「もちろん聞こえました」とアリス。「何度も何度も大声で言うんですもの。それより、カニさんたちはどこにいるの？」

「もちろん、水のなかだよ！」羊は両手に持ちきれない編み棒を何本か髪に挿した。「だから、フェザーと言ってるんだよ！」

「どうして、そんなに何度も『羽根』って言うの？」さすがのアリスもかなりいらいらして、羊に言った。「あたしは鳥じゃないわ！」

「鳥だよ」と羊。「アホウ鳥」

　これにはアリスもむっとした。それで1、2分のあいだは会話もせず、だまって舟を漕いでいった。水面をすべるように進む舟は、ときに水草の群がる一帯を通り（こういう場所でオールを水に取られてしまうと、にっちもさっちもいかなくなる）、ときに木々の下をぬけていくが、頭上に目をやれば、きまって高い川岸がぐっと迫っていた。

「あっ、お願い！　香りのいい灯心草が生えてる！」アリスは気分がぱっと晴れて、大きな声を上げた。「ほらあそこに――すごくきれい！」

「“お願い”なんてされてもねえ」編み物から顔も上げずに羊が言う。「わたしが植えたわけじゃなし、片づける気もないよ」

「いえ、そうじゃなくて――、ここでちょっと寄り道して、何本か摘んでもいいかしら？」アリスは頼みこむ。「少しのあいだ舟をとめてもらえれば」

「わたしがどうして舟をとめられるんだい？」と羊。「あんたが漕ぐのをやめれば、自然に舟はとまるよ」

　それで舟は流れに任され、やがてゆらゆら揺れる灯心草のなかにそうっとすべりこんでいった。アリスは袖を慎重にまくりあげると、きゃしゃな腕を肘まで沈めていって、灯心草の根もとのほうをつかんで折り取った。そうやってしばらくのあいだ、羊や編み物のことも忘れて舟べりから身を乗り出し、もつれた髪の毛先を水で濡らしながら――目をきらきらさせ、夢中になって、美しい灯心草を次々と摘んだ。

「舟がひっくり返りませんように」アリスは独り言を言う。「わあっ、あそこにきれいなのが！　もう少しで手が届きそうなんだけど」これがしゃくにさわることに、（まるでわざとみたい、とアリスは思う）美しい灯心草を山ほど摘んでも、舟が進む先には、決まってもっと美しい灯心草が生えていて、それには手が届かない。

「一番きれいなのは、いつだってもっと遠くにあるんだから！」アリスはとうとうそう言って、遠くにばかり生えている灯心草のがんこさにため息をつく。頬をほてらせ、髪と手から水をぽたぽた滴らせながら元の席にすわりなおすと、新たに集めた宝物を並べにかかった。

　せっかく摘んだ灯心草が早くも萎れてきて、摘んだそばから香りも美しさも褪せていったが、アリスにはどうということもなかった。本物の灯心草でも、そう長くは持た

ないが、夢の世界のそれは、足もとに山積みにされた瞬間から、ほとんど雪のように消えていってしまう。それでも、アリスの周りには考えなくてはならない不思議なことがいくらでもあったから、ほとんど気づかなかったのだ。

それからすぐ、オールの１本が水にはまって、どうしても出てこなくなった（アリスがあとでそう説明している）。その結果、オールの柄がアリスのあごの下に突っかかってしまい、「うわっ、うわっ、うわっ」と立て続けに小さな悲鳴をあげながら、かわいそうに、アリスはオールになぎ払われて舟底から飛び上がり、灯心草の山の上に転がり落ちてしまった。

けれども怪我はまったくなく、すぐにアリスは起き上がった——そのあいだ羊は何事もなかったかのように黙々と編み物をしている。アリスは、舟の外に投げ出されないでよかったとほっとしながら、もとの場所にもどった。すると羊が言う。「見事にカニをつかんだね」

「え、ほんとうに？　あたしは見えなかったけど」とアリス。舟べりから慎重に身を乗り出して、暗い水の底をのぞきこむ。「逃がさなきゃよかった——そうしたら家に持って帰れたのに！」しかし羊はばかにするようにせせら笑うだけで、相変わらず編み棒を動かしている。

「ここにはカニがたくさんいるんですか？」とアリス。

「カニばかりじゃない、なんでもそろってるよ」と羊。「選びたい放題だから、あとは自分で決めるんだね。さて、何が買いたい？」

「買いたいですって！」おどろき半分、脅え半分のアリスの声が、あたりに響きわたった——というのも、オールも舟も川も一瞬のうちにそっくり消えていて、また暗く狭い店のなかにもどっていたからだ。

「卵をひとつください」アリスはおずおずと言った。「おいくらですか？」

「ひとつなら５ペンスと１ファージング——ふたつなら２ペンス」羊が答えた。

「えっ、ふたつのほうがひとつより安いの？」アリスはおどろきつつ、お財布を引っ張りだした。

「ただしふたつ買うなら、ふたつとも食べなくちゃいけないよ」と羊。

「それじゃあ、ひとつだけください」アリスは言って、代金をカウンターの上に置いた。ふたつ買って、おいしくなかったら嫌だと思ったのだ。

羊はお金を受け取って箱のなかにしまった。それからアリスに向かって言う。「品物は直接お客さんの手には渡さないよ——それじゃあうまくいかない——あんたは自分で取ってこなくちゃいけないよ」そう言うと、店の反対側に歩いていって、棚のひとつに卵を置いた。

どうして、それじゃあうまくいかないんだろうと思いつつ、アリスはテーブルと椅子のあいだを手さぐりで進んでいく。店内の奥のほうは真っ暗だった。「近づいていくにつれて卵が遠ざかるような気がするんだけど。ちょっと待って、これって椅子？

やだ、椅子から枝が生えてる！　こんなところに木が生えているなんて、どうなってるの？　それに小川まで流れてる！　こんなへんてこりんな店、見たことない！」

♟♟♟♟♟♟♟

１歩進むごとに、アリスはますます不思議な気持ちに襲われる。およそどんなものでも、そばに近づいたとたん、木になってしまうからだ。いまに卵もそうなるにちがいないとアリスは思っている。

第6章 ハンプティ・ダンプティ

ところが卵はぐんぐん大きくなるばかりで、しかもだんだんに人間のように見えてくる。数ヤード手前まで近づいたところで、卵に目と鼻と口がついているのがわかった。さらに近づいたところではっきりわかった。これは紛れもなく**ハンプティ・ダンプティ**だった。「それ以外に考えられない！」アリスは独り言を言った。「顔じゅうに名前が書いてあるようなものだもの」

実際その顔になら、名前など楽に100回は書けただろう。それぐらい巨大な顔だった。ハンプティ・ダンプティは高い塀の上にすわって、トルコ人のように足を組んでいる。あんなに幅の狭い塀の上に腰かけて、よく落ちないなとアリスは感心する。ハンプティ・ダンプティはあらぬほうにじっと目を据えて、アリスがいることなどちっとも気づかない。なあんだ、人形かとアリスは思う。

「それにしても、卵そっくり！」声に出して言いながら、それがいつ落っこちてきても受けとめられるよう、アリスは両手を前に出して構えている。

「なんて失礼な」ずっと黙っていたハンプティ・ダンプティは、アリスから顔をそむけたまま言った。「人を卵呼ばわりするなんて——冗談じゃない！」

「卵にそっくりって言ったんです」アリスはやんわりと言い訳する。「それに卵のなかには、すごくすてきなものがあるし」ほめ言葉だと思わせようと、そうつけ足した。

「人間のなかには——」ハンプティ・ダンプティが例によってアリスを見もせずに言

う。「せいぜい赤ん坊程度の知能しかないものがいる！」

アリスはなんと答えていいかわからなかった。まったく会話になっていないと思ったのだ。何しろ相手はこちらにではなく、最後の言葉など、明らかに木に向かって話していたのだから。それでアリスは立ったまま、ゆっくりと詩を暗唱しだした——。

ハンプティ・ダンプティ、塀にすわった
ハンプティ・ダンプティ、落っこちた
王さまの馬と家来、みんなそろってやってきた
でももう二度と、ハンプティ・ダンプティはもとにもどらない

「最後は詩にしては長すぎるんじゃないかな」アリスはハンプティ・ダンプティがそばで聞いているのも忘れて、思わず声に出してつぶやいた。

「そんなところに立って、ぺちゃくちゃ独り言はやめてくれないかな」ハンプティ・ダンプティが言って、ここで初めてアリスを見た。「まずは名前と用件をどうぞ」

「名前はアリスですけど——」

「名前からして、ばかげている！」ハンプティ・ダンプティがじれったそうに口をはさんだ。「それ、どういう意味だい？」

「名前って意味がなくちゃいけないんですか？」アリスは心細くなって聞いてみる。

「決まってるじゃないか」ハンプティ・ダンプティがふんと笑って言った。「ぼくの名前はこの姿形を表している。かっこいいだろう、“名は体を表す”という言葉通りだ。きみのような名前じゃあ、どんな姿だって当てはまっちゃうじゃないか」

「どうしてひとりぼっちで、そんなところにすわっているんですか？」喧嘩はしたくないので、アリスは話題を変えた。

「そんなの簡単さ。ほかに誰もいないから！」ハンプティ・ダンプティが大声で言った。「これしきのなぞなぞにも答えられないと思ったのかい？　はい、次どうぞ」

「地面に下りたほうが安全だと思いませんか？」アリスはなぞなぞをするつもりはなく、単に、この妙な生き物が心配でそう言った。「その塀、幅がすごく狭いでしょ」

「めちゃくちゃ簡単ななぞなぞじゃないか！」ハンプティ・ダンプティがぶつぶつ言っ

た。「もちろん、そうは思わないさ！　もし落っこちたら――そんなこと、ありっこないけど――万が一ってことも――」そこでハンプティ・ダンプティは唇をぎゅっとすぼめた。大まじめな顔でもったいをつけるので、アリスは思わず笑い声をもらしそうになった。「万が一落っこちたら」ハンプティ・ダンプティが続ける。「王さまが約束してくれた――あ、いいよ、まっ青になりたきゃなっても。まさかぼくの口からそんなすごい言葉が飛び出すなんて、思わなかっただろう？　王さまがぼくに約束してくれたんだ――王さま自身の口から――そう――つまり――」

「王さまの馬と家来をみんな送り出すって」アリスはうっかり口をはさんでしまった。

「おい、ひどいぞ！」ハンプティ・ダンプティが突然かっとなって怒りだし、大声で言った。「ドアのところで盗み聞きしてたんだろう――木の陰かもしれない――それか、煙突にもぐりこんで――でなけりゃ、そんなこと知ってるはずがない！」

「ちがうんです」アリスは努めて優しく言った。「本に書いてあるんです」

「ああ、そうか！　本になら書いてあるだろう」ハンプティ・ダンプティは機嫌を直して言った。「つまり“英国の歴史”っていう本だろう。では、とくとごらんあれ！　我こそは王さまと話をしたひとりだ。こんな人物にはまたとお目にかかれないぞ。でもね、べつにいばってるわけじゃない。それが証拠に、ぼくと握手をしてもいいよ」

そう言うと、耳から耳まで口を大きくひらいて笑い、前にぐっと身を乗り出して（いまにも塀から落ちそうだ）、アリスに手を差し出した。握手をしながら、アリスは少し心配になった。もしもっと口をひらいて笑ったら、頭の後ろで口の端と端がくっついちゃうかも。そしたら頭はどうなるの！　ぽろっともげて落っこちちゃう！

「たしかに、王さまの馬と家来がみんなやってくるんだ」ハンプティ・ダンプティは続けた。「そしてすぐにぼくを抱き上げる、すぐにね！　おっと話が先に進みすぎた。さっきの話にもどろう」

「ごめんなさい、あまり覚えていないんです」アリスはごくていねいに言った。

「そういうことなら、また新たに始めよう」とハンプティ・ダンプティ。「今度はぼくが問題を出す番だ」（この人、本気でなぞなぞをしているみたいだと、アリスは思った）。「――じゃあ、行くよ。きみは何歳だと言ったかな？」

　アリスは頭のなかでさっと計算してから、「7歳と6か月」と答えた。

「ブーッ、はずれ！」ハンプティ・ダンプティは勝ち誇ったように叫んだ。「きみはそんな言葉は言ってない」
「きみは何歳って、ただ年を聞かれてるんだと思ったんです」アリスは言い訳する。
「それならちゃんと、そう言うさ」とハンプティ・ダンプティ。
　アリスはまた喧嘩になりたくないので黙っている。
「7歳と6か月！」ハンプティ・ダンプティは考え深げに繰り返す。「中途半端な年だ。ぼくに相談してくれていたら、7歳までにしておきなって、そう言ってやったのに――だけどもう手遅れだ」
「成長するのに相談なんかしません」アリスはむっとして言った。
「おやまた、ずいぶんと偉そうだ」ハンプティ・ダンプティが言う。
　この返事に、アリスはますます憤慨した。「つまり、ひとりでに大きくなるから、途中で成長をやめるなんてできないってことです」
「ひとりではそうかもしれない。でもふたりならなんとかなる。手助けしてくれる人がいたら、7歳まででやめられたはずなんだ」
「そのベルト、すばらしいですね！」アリスはふいに相手をほめた（年齢の話はもううんざりだったし、これがなぞなぞだったら、今度は自分が問題を出す番だと思っていた）。「あっ、ちがいました」アリスはよく考えて訂正する。「すばらしいネクタイって、そう言うつもりだったんです――でも、やっぱりベルトかしら、ごめんなさい！」ハンプティ・ダンプティがすっかり怒ってしまったようなので、アリスはあわてて謝った。ちがう話題にすればよかったと後悔する。あれを結んでいるのが首なのか、ウエストなのか、わかればいいのに！
　ハンプティ・ダンプティがかんかんに怒っているのは明らかだった。何しろ1、2分のあいだむっつり黙りこんでいたのだから。ふたたび口をひらいたときには、腹の底からうなるような声が出てきた。
「これは――もう――最大の――侮辱だ」ついに言った。「ネクタイとベルトをまちがえるなんて！」
「あたしって、本当に何もわかっていないんです」アリスがぐっと下手に出たので、ハンプティ・ダンプティは態度を和らげた。

「これはネクタイだよ。それもきみの言ったようにすばらしいものなんだ。白の王さまと女王さまからの贈り物なんだから。ほら、見てごらんよ！」
「本当ですか？」アリスは結局この話題で良かったのだとわかって内心大喜びだった。
「両陛下からの贈り物」ハンプティ・ダンプティは考えながら言い、足を組んで両手で膝を抱えた。「王さまと女王さまが――非誕生日プレゼントとして、くれたんだ」
「すみません、それってどういうことですか？」訳がわからずにアリスが聞き返す。
「べつに謝らなくていいよ、ぼく怒ってないから」とハンプティ・ダンプティ。
「つまりその、非誕生日プレゼントって、何かと思って」
「誕生日じゃない日にもらうプレゼント。決まってるじゃないか」
　アリスは少し考える。「あたしなら誕生日プレゼントをもらうほうがうれしいです」ようやく言った。
「きみはまったくわかってない！」ハンプティ・ダンプティが声を張りあげた。「1年は全部で何日ある？」
「365日」とアリス。
「じゃあそのうち、きみの誕生日は何日ある？」
「――1日」
「じゃあ、365日から1日引くと、残りは？」
「364日に決まってます」
　ハンプティ・ダンプティは疑わしそうな顔。「計算は紙に書いてしたほうがいい」
　アリスは笑いをこらえながらメモ帳を引っ張りだし、ハンプティ・ダンプティのために筆算をしてやった。

ハンプティ・ダンプティはアリスのメモ帳を手に取って、書かれた数字をしげしげと眺める。「まあ、正しいようだ――」と言いかけたところで――。

「それ、逆さまです！」アリスが口をはさんだ。

「おっと、いけない！」アリスがメモ帳をひっくり返してやると、ハンプティ・ダンプティが陽気に言う。「すこしおかしいとは思ったんだよ。だから、正しいようだと言

ったのさ——本来はもっと時間をかけて判断しないといけないんだが——ひとまずはこれで、非誕生日のプレゼントをもらえる日は364日あるということがわかる——」
「そうですね」とアリス。
「だけど、誕生日プレゼントがもらえるのはたったの1日。きみはめでたいね！」
「何が“めでたい”のか、よくわからないんですけど」とアリス。
　ハンプティ・ダンプティがばかにしたように、にんまりする。「そりゃわからないさ——これからぼくがその意味を説明するんだから。いいかい、“めでたい”っていう言葉にぼくがこめた意味は、ぎゃふんとさせられて、びっくり仰天するってこと」
「でも、“めでたい”って、そういう意味じゃありません」とアリスは反論する。
「ぼくがある言葉を口にしたら」ハンプティ・ダンプティがばかにする口調で言う。「その意味は、自分がこうだと決めた通りで——それ以上でもそれ以下でもない」
「問題は」とアリス。「言葉ひとつに、そんなにたくさんちがう意味をこめられるかということです」
「問題は」とハンプティ・ダンプティ。「力関係さ——言葉とぼくのどっちが強いか」
　アリスはすっかり頭が混乱して、何も言えない。するとしばらくしてハンプティ・ダンプティがまた口をひらいた。「言葉には性格があって、なかでも動詞は怒りっぽい——このうえなく気位が高いんだ。形容詞は何をしても大丈夫だけど、動詞にはうっかりしたことができない。それでもこのぼくなら、全部に自分の言うことを聞かせることができるんだ。“どんづまり”！　つまりぼくが言いたいのはそれさ！」
「すみませんが、その“どんづまり”の意味を教えてくれませんか？」とアリス。
「そうそう、それでいいんだ。きみもわかってきたじゃないか」満足げに言う。「ぼくが“どんづまり”と言ったときには、もうその話題についてはうんざりだ、きみは次にどうしようと思っているのかを話したほうがいい、だってきみはここにとどまって残りの一生を過ごそうってわけじゃないだろって、そういう意味なんだ」
「ひとつの言葉に、またずいぶんたくさんの意味を盛りこみましたね」アリスは考えこむような口調で言った。
「今みたいに、言葉に重荷を背負わせるときには、いつも特別手当を払うことにしてるんだ」

「えっ！」すっかり頭が混乱してきて、アリスはそれ以外何も言えなかった。
「土曜日の夜に連中がぼくのところにやってくるから、見にくればいい」ハンプティ・ダンプティはもったいぶって頭を左右に揺らしながら、先を続ける。「給料を受け取りにやってくるんだ」
（給料をどんなもので支払うのか、聞く勇気はアリスにはなかった。よって筆者も読者に教えることはできない）
「言葉を説明するのがとても上手ですね」とアリス。「『ジャバーウォッキー』という詩の意味について教えてもらえませんか？」
「どんな詩か、聞いてみよう」とハンプティ・ダンプティ。「これまでにつくられたいかなる詩であろうと――まだつくられていない詩でさえ、ぼくは説明できるよ」
　これは非常にたのもしいと思い、アリスは詩の最初の部分を暗唱してみせた――。

アブリドキぞろぞろ登場しなばしかトーブ
ハムシバをきりくるきりくる
ぼろあわのボロゴーブ
エハナミドタも怒鳴くしゃ吹きまくる

「まずはそこまでで十分だ」ハンプティ・ダンプティが口をはさんだ。「難しい言葉がたくさんあるな。“アブリドキ”というのは、午後４時――夕食に出す食べ物を火であぶる時刻だね」
「なるほど、そういうことだったんですね」とアリス。「では、“しなばしか”は？」
「それは“しなやか”と“すばしこい”を合わせた言葉さ。“すばしこい”は、活動的と言い換えてもいい。どう、鞄みたいだろ――言葉ひとつにふたつの意味をつめこむ」
「よくわかります」アリスは考え深げに言った。「じゃあ、“トーブ”というのは？」
「トーブというのはだね、少しアナグマに似ている――アナグマと言ってもトカゲみたいなアナグマだけどね――そのトカゲもふつうのトカゲとはちがって、コルクの栓抜きに似ているんだけど」
「すごくへんてこな姿の生き物なんですね」

「その通り。で、やつらは日時計の下に巣をつくる——そして、主食はチーズだ」
「“きりくる”っていうのは？」
「きりは穴（あな）をあける錐（きり）。くるくる回してつかうだろう。その動きによく似た回転運動を意味する」
「じゃあ、その前にある“ハムシバ”っていうのは、ひょっとして日時計のまわりの芝生（しばふ）？」よくぞここまで解読したと、アリスは自分の頭の良さにおどろいている。

「当然だ。なぜ“ハム”という言葉が前についているかというと、日時計のまわりをめぐる芝生は前後に延々と続く。すなわちこれは“果無”。果てが無いという意味だ」
「たしかに芝生は横にもずっと広がってます」
「その通り。その先の“ぼろあわ”（これもまた“鞄語”のひとつ）というのは、“ぼろぼろで哀れ”という意味。で、“ボロゴーブ”というのは、やせこけた貧相な鳥で、全身から羽根がボサボサ飛び出している――生きたモップみたいな感じかな」
「じゃあ、“エハナミドタ”は？」とアリス。「なんでもかんでも聞いて、すみません」
「いや、いいよ。エハナミドタは、“エハナ”と“ミドタ”のあいだで切れる。“ミドタ”は緑色をしたブタの一種。“エハナ”はよくわからないが、その前に“イ”が省略されているようだ。本来は“イエハナ”、つまり“家離”。家を離れて道に迷ったミドリブタという意味だ」
「それじゃあ、“怒鳴くしゃ吹きまくる”というのは？」
「それは、“怒鳴る”と“口笛を吹く”の中間で、途中でくしゃみのような音を発することを言う――いまに聞こえてくるよ――森のずっと向こうで――一度それを耳にしたら、ああ、これかと納得すると思う。いったい誰がこういう難しい詩をきみに暗唱してみせたんだい？」
「それは本に書いてあったんです」とアリス。「でもそれよりずっとやさしい詩も聞かせてもらいました――たしか、トゥィードルディーから」
「詩と言えば」ハンプティ・ダンプティが大きな手を片方ぐっと伸ばしながら言った。「ほかのみんなと同じように、ぼくも暗唱できるよ。なんなら――」
「いえ、いいです！」アリスはあわてて言い、なんとか思いとどまってほしいと思う。
「これから暗唱するのは」アリスの言葉など気にもとめずにハンプティ・ダンプティは先を続ける。「きみに楽しんでもらうことだけを考えてつくった詩だ」
　そういうことなら、これはしっかり聞かなきゃとアリスは思う。「ありがとう」と言ったものの、その声はずいぶん悲しげだった。

冬が来て、真白くそまるはたけ
ぼくは歌う、気持ちをこめて、ありったけ

「でもぼくは歌わないけどね」とハンプティ・ダンプティが暗唱の途中で説明する。
「そう見えますね」とアリス。
「へえ、きみにはぼくの歌が見えるんだ。よっぽどすごい目を持ってるんだね」ハンプティ・ダンプティに皮肉な言い方をされて、アリスは黙りこんだ。

春が来て、緑に変わる森
ぼくはきみに、思いを伝える心づもり

「ありがとうございます」とアリス。

夏が来て、昼は長びき
きみにもわかる歌のひびき

秋が来て、木々の葉は黄ばんだ
ペンとインクで書きとめるんだ

「秋まで覚えていたら、そうします」とアリス。
「そんなふうにいちいち何か言わなくていい」とハンプティ・ダンプティ。「つまらないことを言われると集中できない」

ぼくはさかなに伝言おくった
希望を書いて高をくくった

すると海の小ざかな
返事をよこした、「それはムリかな」

さらに先を読んだらば
「ぼくらにはできない、なぜならば――」

「ごめんなさい、さっぱり意味がわからない」とアリス。
「だんだんわかるようになってくるよ」ハンプティ・ダンプティが答える。

ぼくはまた伝言をしたためた
「おまえたち、言う通りにするのが身のためだ」

小魚たちはにやっとわらい
ぼくをおちょくった、「あんたはえらい！」

一度でだめなら二度言うぞ
しかし連中ふざけるばかり、どうぞどうぞ

そこで手にとった、新品のでかいやかん
ふざけたやつらにゃ、お仕置きせにゃいかん

心臓(しんぞう)ドカドカ、胸(むね)はドキドキ
やかんに水入れ踏(ふ)みこんだ、いまがそのとき

すると使いがきて言うんだよ
「小ざかなたちなら、もう床(とこ)に入りましたよ」

ぼくはそいつに言った、それは雲がくれ
「いいから、とっとと起こしとくれ」

ぼくは大声張(は)りあげ、きっぱり言った
使いの耳もとで、がんがん怒鳴(どな)った

ハンプティ・ダンプティはこの部分の暗唱にさしかかると、絶叫(ぜっきょう)するように声を張りあげた。アリスは身震(みぶる)いして思う。「あたしぜったい、この人の使いにはならないわ！」

ところがその使い、誇(ほこ)らしげにしゃんと胸はり
大声はおよしなさいと、こっちを悪人呼(よ)ばわり

静かになされば、わたしが起こしにまいります
杓子定規(しゃくしじょうぎ)の使者、胸をはること、ますます

ぼくは棚(たな)からコルクの栓抜(せんぬ)き引(ひ)っ張(ぱ)りだし
これが見えぬかと、起こし方も玄人(くろうと)はだし

ところがドアには鍵がかかり
押して引いて、蹴って殴ってと、あばれるばかり

びくともしないドアを見ながら
ぼくはノブを回そうとした、しかしながら——

そこで長い間があった。
「それで終わり？」アリスはおずおずと聞いてみた。
「ああ、終わりだ」とハンプティ・ダンプティ。「じゃあ、さようなら」
　あまりに突然すぎるとアリスは思ったが、そこまではっきり言われながら、いつまでも居すわっているのはエチケット違反だという気もした。それで立ち上がり、握手の手を差し出した。「さようなら、またお会いしましょうね！」できるだけ明るい調子で言った。
「また会っても、きみだとはわからないだろう」ハンプティ・ダンプティが不満げに言って、指１本でアリスと握手をする。「ほかの人間と瓜ふたつで区別がつかない」
「ふつうは顔で見分けがつくと思います」アリスは優しく言う。
「そこが問題なんだよ」とハンプティ・ダンプティ。「きみの顔はほかの人間とまったく変わらない——目がふたつで（言いながら親指で宙に描いて見せる）、鼻がまんなかにあって、口は下にある。みんなそうじゃないか。目がふたつとも鼻の片側にあるとか、口がてっぺんにあるっていうなら、いくぶん区別はつきやすいけど」
「そんなおかしな顔はいやです」とアリス。けれどもハンプティ・ダンプティは目を閉じてこう言う。「まあやってみることだね」
　まだ何か言うかもしれないと、アリスはしばらく待ったが、ハンプティ・ダンプティは目もあけず、アリスに注意を向けもしなかった。もう一度「さようなら！」と言ってみたが、これにも返事はなかったので、アリスはしおしおと歩み去った。「それにしたって失礼にもほどがあるわ——」と、口をついて出た言葉が、たいそうかっこよく思えたのか、もう一度「失礼にもほどがあるわ、あんな——」と言いかけたところで、突然ドーンという轟音が響いて、森の端から端までを揺るがした。

第7章
ライオンとユニコーン

次の瞬間、兵隊が森を突きぬけて走ってきた。最初は三々五々、ぱらぱらやってくるだけだったが、そのうちに10人、20人がいっぺんに走ってきて、ついには大軍勢となって森を埋めつくした。ぶつかられると怖いので、アリスは木陰に入り、兵隊が通りすぎるのを見守った。

これほど足取りのおぼつかない兵隊をアリスは生まれて初めて見た。つねに人や何かにつまずいて転び、ひとりが倒れると、その上に数人が折り重なるようにして倒れる。まもなく地面は兵隊の小山でびっしり覆われてしまった。

それから今度は騎兵隊がやってきた。馬は足が4本あるから、歩兵隊より足取りはしっかりしている。それでも折々につまずいて転ぶ——見ていると、馬がつまずいたら、乗っている兵士もすかさず馬から転げ落ちるという決まりがあるようだった。混乱はひどくなる一方で、森をぬけてひらけた場所に出てくるとアリスは心からほっとした。そこには白の王が地面にじかにすわっており、何やらせわしげにメモ帳にせっせと書きつけている。

「全部送ったぞ！」王はアリスを認めるなり、うれしそうに叫んだ。「ところでお嬢さん、森をぬけてくる途中、兵隊に出くわさなかったかな？」

「はい。数千人はいたと思います」とアリス。

「4207人。正確にはそれだけいるのだよ」王はメモ帳を見ながらそう言った。「全部の馬を送り出すことはできなかった。２頭は、チェスのゲームに必要だからのう。それと使者のふたりも送れなかったのだよ。ふたりとも町へ出かけてしまったんでのう。ちょっと道を見てくれんか。ふたりのうちどちらかが見えてこんだろうか」
「道には誰もいないように見えます」とアリス。
「“誰もいない”のに見えるのか。そんな目がわしにもついていりゃあいいんだが」王は不機嫌に言う。「いないのに見える！　それも、そんな遠くまで見えるとは！この程度の明るさじゃあ、わしには、いる人間を見るのが精一杯だ！」
アリスは王の言うことなど聞かず、片手で太陽の光をさえぎりながら、まだ道をじっと見ている。「人が来るのが見えます！」とうとうアリスは言った。「でも、すごくゆっくりで――ちょっと、何かしらあれ！（使者がぴょこぴょこ跳びはねながら、ウナギのように身をくねらせ、大きな両手を脇で扇のように広げ、ぱたぱたとあおぎながら歩いてくる）。
「じつはな」と王。「うちの使者はアングロサクソン人でな。うれしくて浮かれているときだけ、うっかりあのようなアングロサクソン式の仕草をする。ウザキ（王はこの言葉をウサギと同じイントネーションで発音した）という名前だ」
「“う”で始まるウザキさん、うんと好き」アリスは思わず、いつもやっている言葉遊び歌を始めた。「うれしいときは、ウサギもウキウキ。浮かないときは憂い顔。そんなウサギに何食べさせよう――ええっと、ええっと――うすいハムサンドとウマゴヤシの干し草。ウサギの名前はウザキ。暮らしているのは――」
「暮らしているのは、後ろの丘の上」と王が言った。たまたま“う”でつながったものの、王には言葉遊びをしているつもりはさらさらなく、事実を述べただけだ。その間、アリスは“う”で始まる町の名前が浮かばずにじれていた。「もうひとり、ボーシャという使者がいる。わしには来る者と行く者、ふたり必要だからな」と王。
「えっ、ひとりではすまないんですか？」とアリス。
「そう、話はまだすんでない」と王。
「ちがうんです、いまおっしゃったことの意味がわからなくて。なぜふたりなんですか？　ひとりで行って帰ってくればいいと思いますけど」
「言わなかったかのう？」王はいらいらしながらもう一度言う。「ふたり必要なのだ

よ——伝言を取ってくる者と持っていく者。ひとりが取ってきて、もうひとりが持っていくのだよ」

　ちょうどそのとき、使者が到着した——ひどく息を切らしていて、ひとこともしゃべれず、ただ両手をひらひら振って、ものすごい形相をして哀れな王をにらんでいる。

「このお嬢さんは、“う”で始まるおまえが、うんと好きだそうだ」王は使者の注意を自分からそらそうとして、アリスを紹介した。しかしそれはまったく効果がなかった。アングロサクソン風の仕草がますます極端に出てきて、使者は大きな目玉をぎょろりぎょろりと左右に動かしている。

「おまえ、わしをおどかすでない！」と王。「失神しそうだ——ハムサンドをくれ！」

　アリスがおどろいたことに、これにこたえて使者は首からさげた鞄をあけてサンドウィッチを渡した。王はそれをガツガツとむさぼり食う。

「もうひとつサンドウィッチ！」と王。

「もう干し草しか残っていません」使者が鞄のなかをのぞきこんで言う。

「じゃあ、干し草を」王が蚊の鳴くような声で言った。

　それを食べたら王がみるみる元気になったので、アリスは喜んだ。王はむしゃむしゃやりながら、「やっぱり気つけにはこれだ。干し草にしくものはない」とアリスに言う。

「冷たいお水を頭からかぶるのが一番だと思ってました」とアリス。「あるいは、気つけ薬」

「干し草に並ぶものはないという意味で言ったのではない。干し草に敷くものはないと、そう言ったのだ」これにはアリスもあえて反論はしなかった。

「おまえ、誰かと道ですれちがわなかったかのう？」王は言いながら、もっと干し草をよこせと、使者に手を伸ばしている。

「誰もいないように見えました」と使者。

「そうだろう」と王。「このお嬢さんも“誰もいない”を見たそうだ。つまり、おまえより遅いのは“誰もいない”ということだ」

「わたしは精一杯、頑張っております」使者はむっとした口調になった。「わたしより速いものは誰もいない！」
「それはありえん。"誰もいない"はおまえより速くはない。おまえより速いなら、もうとっくにここに着いておる。まあいい、息も整ったようだから、町のニュースを話すがよい」
「それでは、ひそひそ話で」使者は言って、口に両手をあてがってラッパのような形にしてから、腰をかがめて王の耳に近づく。それを見てアリスはがっかりする。自分もそのニュースを聞きたかったからだ。ところが使者は王の耳に両手を当てるなり、声をかぎりに絶叫した。「連中、またおっぱじめました！」
「それのどこがひそひそ話だ？」かわいそうに、王は飛び上がって体を震わせている。「今度同じことをしたら、バターを塗ってやるぞ！　おまえの声が頭の奥の奥まで響いて、地震かと思ったぞ」
　そんな小さな地震があるだろうかと、アリスは思う。「連中って、誰ですか？」思い切って聞いてみた。
「ライオンとユニコーンだ」と王。
「王冠をめぐって戦っているのですか？」
「その通り」と王。「一番ばかばかしくて笑えるのは、その王冠がいままでずっとわしのものだったということなのだ。ひとっ走りして見に行こう」それでみんなで走っていったのだが、アリスは走りながら、古い歌の歌詞を頭のなかで暗唱していた。

ライオンとユニコーンが戦った
町じゅうめぐり、王冠めぐって争った
フルーツケーキに、白パン、黒パン
やるから出てけ、太鼓鳴らしてパンパンパン

「それで――勝った――方が――王冠――もらえるの？」走って息が切れて苦しいなか、声を振りしぼって聞く。
「まさか！」と王。「とんでもない！」
しばらく走っていくとアリスはもう息も絶え絶え。「どうか――お心があるなら――少しでいいので――とまって休ませてください。息が整うまで」
「心はある。だが体力がない。時間は飛ぶように過ぎていくものじゃ。それをとめようなんて、バンダースナッチをとまらせるのと同じじゃよ」
アリスは息が切れて話すこともできない。それでまた黙って走っていると、やがてたいへんな人だかりが見えてきた。そのまんなかで、ライオンとユニコーンが戦っている。もうもうと舞いあがる土埃のせいで、最初はどっちがどっちだか見分けがつかなかったが、まもなく角が見えてきて、そっちがユニコーンだとわかった。
３人は、もうひとりの使者であるボーシャのすぐそばに陣取った。ボーシャは片手にバター付きパンを、もう一方の手にカップに入ったお茶を持って観戦している。
「やつは牢獄から出てきたばかりなんだが、牢獄に入れられたときにはまだお茶もすませていなかったんだ」ウザキがアリスにささやく。「牢獄じゃあ食事だって牡蠣殻がせいぜいで――だから腹はぺこぺこ、喉もからからってわけだ」ウザキはボーシャを思いやるように、首に優しく腕をまわして言う。「よう相棒、調子はどうだい？」
ボーシャはあたりを見回して、こくりとうなずき、またバター付きパンを食べる。
「牢獄は快適だったか？」とウザキ。
ボーシャはまたあたりに目をやったが、今度は涙をひと粒、ふた粒、頬にこぼしながら口を閉ざしている。
「しゃべれよ！」じれったくなってウザキが声を荒らげた。けれどもボーシャはパンをむしゃむしゃやって、お茶を飲むだけ。
「しゃべらんか！」今度は王が怒鳴った。「戦いはどうなっておるのだ」
ボーシャは焦って、大きく嚙み切ったパンをごくりと丸飲みし、「ともに果敢に戦っておりまして」と、喉をつまらせて言う。「どちらも 87 回ほどダウンしています」
「じゃあ、まもなく白パンと黒パンが出てきますね？」アリスは思い切って聞いた。
「すでに用意は整っております」とボーシャ。「わたしが食しているのは、その一部でございます」
　ちょうどそのとき戦いに小休止が入り、ライオンとユニコーンが荒い息をついて腰を下ろした。そこで王が宣言する。「これより10分間の軽食休憩とする！」ウザキとボーシャはただちに仕事にかかり、白パンと黒パンをのせた丸い盆を運んでまわっていく。アリスもひとつ食べてみたが、乾いてパサパサしていた。
「今日の戦いはここまでだな」王がボーシャに言う。「行って、太鼓をたたくよう命じてこい」するとボーシャはバッタみたいにぴょんぴょん跳ねてどこかへ向かった。
　アリスはしばらくのあいだ、去っていくボーシャの背中を見守っていたが、ふいに顔を輝かせ、「見て見て！」と叫んだ。「白の女王よ！　向こうの森から飛ぶように駆け出てくる——ここの女王たちは、なんて、足が速いんでしょう！」
「どうせ敵に追われておるんじゃろう」王が目も向けずにそう言った。「あの森には敵がわんさかいるからのう」
「すぐに助けに行かなくていいんですか？」あまりに平然としている王に、アリスはおどろきを隠せない。
「無用だ、無用！」と王。「女王は恐ろしく足が速い。あれをつかまえるのは、バンダースナッチをつかまえるようなものなんだ。だがまあ、そこまで言うなら、メモはしておこう——ああ愛しや俊足の女王」小声でそっとつぶやきながら、メモ帳をひらいた。「あれっ、俊足だったかのう、それとも瞬速？」
　そのとき、ユニコーンが両手をポケットに突っこんで、ぶらぶらと通りかかった。
「今度はオレさまの勝ちだろう？」通りがかりに王にちらっと目をやって言う。
「まあ——まあな」王はかなりびくびくしている。「角で相手を刺すのはまずかったんじゃないかのう」
「ケガを負わせはしなかった」ユニコーンはあっさり言い、立ち去ろうとしたところで、ふとアリスに目をとめた——すかさず振り返って立ちどまり、思いっきり不快そうな顔でしばらくアリスをじろじろ見ている。
「なんだ——これ？」ついにユニコーンは口をひらいた。
「コドモなんですよ！」ウザキが熱を帯びた口調で言い、アリスの前に出ていって紹介する。アングロサクソン人の大げさな仕草で、アリスに向かって両手をバッと突きだして言う。「今日発見されたばかりでしてね。正真正銘、本物のコドモです！」
「コドモか。ありゃあ伝説上の怪獣じゃないか？」とユニコーン。「現実にいるのかい？」
「ちゃんと話もできます」ウザキがまじめくさって言う。
　ユニコーンは興味深げにアリスを見つめ、それから言った。「おいコドモ、なんか言ってみろ」
　アリスは思わず笑顔になった。「あのう、あたしもユニコーンって伝説上の生き物だと思ってました。生きているのを見るのは初めて！」
「じゃあ、お互い実物を目にしたわけだ」とユニコーン。「そっちがオレの存在を信じるっていうなら、オレも信じる。こういう取り引きでどうだい？」
「あなたがそれでいいなら」とアリス。
「じゃ、じいさん、フルーツケーキを出してくれ！」ユニコーンがアリスから王に目を移して言う。「あんたの黒パンはいただけねえ！」
「わかっておる、わかっておる」王がぶつぶつ言いながらウザキを手招きする。「ほら、さっさと鞄をあけんか」ひそひそ声で言う。「早く！　そっちじゃない――干し草を出してどうする！」
　ウザキは鞄からばかでかいフルーツケーキのかたまりを取り出してアリスに持たせ、同じ鞄から皿１枚と取り分け用の大型ナイフを引っ張りだした。どうしてそんなに物が出てくるのか、アリスには見当もつかない。手品を見ているようだった。
　そうこうするうちに、いつのまにかライオンも仲間に入っていた――疲れきって眠たげで、目を半分閉じている。「なんだ、これは」気だるげな目におどろきを浮かべてアリスの顔をまじまじと見た。うつろに響く太い声は、巨大な鐘の音のようだ。
「さーて、なんでしょう？」ユニコーンがうれしそうに言う。「ぜったいわかんねえよ！　オレさまだってわからなかったんだから」
　ライオンは物憂げな目をアリスに向ける。「動物――それとも野菜――あるいは鉱物か？」言葉の合間合間にあくびがまじる。
「伝説上の怪獣だ！」アリスが答えるより先にユニコーンが叫んだ。
「では怪獣よ、フルーツケーキを配るがいい」ライオンが言って、また地面に寝そべ

って前足の上にあごをのせた。「おまえたちも、すわれすわれ」（王とユニコーンに向かって言う）「いいか、ケーキは均等に配るんだぞ！」

大きな獣にはさまれてすわった王は、見るからに居心地が悪そうだった。それでもほかにすわる場所がないので仕方ない。

「さあて王冠をめぐる戦いも、いよいよ正念場だな！」ユニコーンがずるそうな目で王の冠を見上げる。哀れな王はぶるぶる震え、いまにも王冠を振り落としそうだった。

「まあわたしの楽勝だな」とライオン。

「さーて、それはどうかな」ユニコーンが言う。

「調子に乗るな、わたしにやられて町じゅうをめぐって逃げた弱虫のくせして！」ライオンは怒り、半ば立ち上がる姿勢で言った。

そこで王が喧嘩を防ごうとして口をはさむ——すっかり脅えていて、声がぶるぶる震えている。「町じゅうをめぐって逃げた？　そりゃまた大変だっただろう。古い橋を通ったのかな？　それとも市場かな？　古い橋から見る景色は最高だぞ」

「そんなことは知らん」ライオンがうなるように言い、また寝そべる格好になった。「土埃が立って、何も見えやしない。おい怪獣、ケーキはいつ切り終わるんだ！」

アリスは小川の土手にすわって膝に大きなお皿をのせ、ナイフをつかって懸命にケーキを切り分けていた。「ぜんぜん思い通りにならなくて！」と、アリスはライオンに答えた（もう怪獣と呼ばれるのにすっかり慣れている）。「いくつか切ってみたのに、切ったそばからくっついちゃう！」

「おまえ、鏡の国のケーキの扱い方をわかってねえな」とユニコーン。「配ってまわるのが先。切るのはそのあとだ」

うそでしょう、と思いながらも、アリスは文句も言わずに立ち上がり、皿を持って配りにいく。するとケーキは勝手に３切れに分かれた。アリスがからっぽの皿を持って自分の場所にもどると、「そら、さっさと切らんか」とライオンが言った。

「こりゃ、不公平だぜ！」ユニコーンが怒鳴る。アリスはナイフを手にしてすわり、いったいどうやって切ったらいいのか、頭を悩ませている。「おい怪獣、ライオンに、オレさまの２倍もやっちまったじゃないか！」

「そういえば、あいつは自分の分を取ってないな」とライオン。「おい怪獣、おまえはフルーツケーキが好きか？」

しかしアリスが何か答えるより先に、太鼓が鳴りだした。

音がどこから聞こえてくるのか、アリスにはわからない。あたり一帯が太鼓の音でいっぱいになり、頭のなかまで鳴り響いていて耳をつんざかんばかりだった。アリスがあわてて立ち上がり、恐ろしさに震えながら小川を飛び越えると、

ライオンとユニコーンも立ち上がっていて、くつろぎの時間に邪魔が入ったのを怒っているのが見えた。アリスは地面に膝をつき、恐ろしい音を閉め出そうと両手で耳を覆ったが、無駄だった。

「これが『太鼓鳴らしてパンパンパン』ってやつだわ。これだけ鳴らしても、あのふたりを町から追い出せないなら、何をやってもぜったい無理よ！」

第8章 「これはわたしの発明でしてな」

しばらくすると、やかましい音もだんだんに小さくなっていき、しまいにあたりがしんと静まると、アリスははっとして頭を上げた。あたりにはまったく人影がないので、ライオンやユニコーン、それにあのおかしなアングロサクソン人の使者たちも、全部夢のなかで見たのかもしれないと思った。ところが足もとに目をやると、そこにはまだ大きな皿が転がっていた。フルーツケーキをのせて切り分けようとしていたあの皿だ。「となると、やっぱり夢じゃなかったんだ」アリスは独り言を言う。「だけど——だけど——もしかしたら、みんな同じ夢の一部なのかもしれない。だったら自分の夢であってほしい。赤の王さまの夢じゃなくって！　人の夢のなかに閉じこめられているなんてぞっとするもの」アリスは怒った口調でさらにこう言った。「こうなったら赤の王さまのところへ行って起こしてやろう。そうしたらどうなるか、見てやるんだから！」

せっかく決心したアリスだが、そこへ「やっほっほー！　王手だ！」と、大きな叫び声が聞こえてきて注意をそがれた。まもなくひとりの騎士が馬を全速力で駆ってやってきた。真っ赤な鎧に身を包み、大きな棍棒を振り回している。アリスのもとにたどりつくと、馬をいきなりとめて、「おまえはオレの捕虜だ！」と叫ぶが早いか、ふいに馬から転げ落ちた。

アリスはおどろいたものの、騎士の身が心配になって、ふたたび馬に乗ろうとする相手を不安な目で見た。騎士は鞍の上にしっかり落ち着くなり、また始めた。「おまえはオレの——」しかし今度はそこに、べつの声が割って入った。「やっほっほー！王手！」アリスがおどろいて振り返ると、また新たな騎士がやってきていた。

今度は白の騎士だった。アリスのそばまで来ると、赤の騎士と同じように馬から転げ落ち、それからふたたび乗った。馬上のふたりは、しばらく何も言わずに互いの顔をじっと見ている。アリスはちょっとめんくらって、ふたりの顔を交互に見つめた。

「これはオレの捕虜だ！」赤の騎士がとうとう言った。

「なるほど、しかし、このわたしが駆けつけてきて捕虜を救出したのですぞ！」白の騎士が言う。

「となると、決闘だな」赤の騎士は言って兜（兜は鞍からぶら下げてあって、どことなく馬の頭の形に似ている）を取りあげて頭にかぶった。

「もちろん、決闘の規則は守るんでしょうな」白い騎士も兜をかぶった。

「オレはいつだって守るさ」赤の騎士が言うなり、ふたりは猛烈な勢いで打ち合いだしたので、アリスは巻きぞえにならないよう、木の陰に隠れた。

ふたりの戦いを見守りながら、決闘の規則ってなんだろうとアリスは思い、隠れた場所からおそるおそるのぞいてみた。「打たれたほうは馬から転げ落ち、もし打ち損なったら自分が転げ落ちる。まずそういう規則があるみたい。それから——棍棒は人形劇のパンチ・アンド・ジュディーでやるみたいに、両手でしっかり持つ。これもきっと規則ね。それにしてもなんてすごい音。暖炉の火かき棒やら何やらがガラガラガッシャーンと落ちてきて、炉格子にぶつかったみたい！　それなのに馬はまったく冷静。人が何度落っこちようが、のぼってこようが、テーブルみたいに動かない！」

アリスは気づかなかったが、決闘の規則はもうひとつあった。落馬する際には頭から落ちるというものだ。ふたりが仲良く並んで頭から地面に落ちたところで、決闘は終了。ふたりそろってふたたび立ち上がり、握手をしたと思ったら、赤の騎士が馬に乗り、全速力で駆け去った。

「華々しい勝利だったと、そう言ってもいいですかな？」白の騎士がはあはあ息を切らしながら言う。
「さあ、どうでしょう」アリスはあいまいに答えた。「あたし、誰の補虜にもなりたくありません。女王になりたいんです」
「なれますよ。次の小川を渡ったら」白の騎士が言う。「森のはずれまで、わたしがあなたを安全に送り届けましょう――それがすんだら、わたしはもどらなければなりません。それがわたしの最後の一手ですからな」
「助かります、ありがとうございます」とアリス。「兜を脱ぐのをお手伝いしましょうか？」どう見ても、ひとりでは脱げそうになかった――アリスは兜を何度も揺すりながら、ようやく脱がせてやった。
「ああ、これで息も楽にできる」騎士が言った。ぼさぼさになった髪を両手で後ろになでつけてから、品のある顔と大きくおだやかな目をアリスに向けた。アリスは、これほど奇妙な騎兵を見るのは初めてだった。
　ブリキの鎧を身につけているが、体にまったく合っていない。妙な形をした小さな道具箱を背負っているものの、逆さまになっているので蓋があいてだらしなく垂れている。いったいこれはなんだろうとアリスは興味津々で、その箱を見つめている。
「おや、お目が高い。いいでしょう、これ」騎士が気さくに言った。「これはわたしの発明でしてな――これに衣類やサンドウィッチを入れて運ぶんです。ほら、上下が逆さまになっているから、雨が降ってもなかに入りこまない」

「でもなかに入れたものが出てしまうでしょ」アリスがやんわりと言う。「蓋があいているって、知ってました？」
「それは知らなかった」騎士は言って、少し困った顔になった。「それじゃあ、入れたものが全部落ちてしまったにちがいない！　こんな箱ばっかり残しておいても意味がない」騎士はしゃべりながら箱を背中からはずし、灌木の茂みに放り投げようとしたが、途中で何やら思いついたようで、慎重な手つきでそれを木の枝にぶら下げた。「なぜこんなことをするのか、おわかりになりますかな？」アリスに言う。
　アリスは首を横に振った。
「ミツバチがこのなかに巣をつくったらいいと思いましてね――そうしたらハチミツが手に入る」
「でもハチの巣なら、すでに馬の鞍からぶら下がっています――それともあれは何かべつのものですか？」
「そう、あれはハチの巣です」騎士がちょっと不満げに言う。「それも最高のハチの巣。しかしまだ１匹もハチが寄りつきません。それだけでなく、馬の鞍にはネズミ取りも備えてあります。もしかしたらネズミがハチを寄せつけないのか――あるいはハチがネズミを寄せつけないのか、さあどっちでしょうね」
「なぜネズミ取りが必要なのか、わからないんですけど。だって馬の背中にネズミなんてめったにのぼってこないでしょ」
「おそらく、あまりないでしょう。しかし万が一のぼってきた場合、勝手な真似はさせたくありませんから」
「そればかりでなく」しばらく間を置いてから騎士はまた続けた。「あらゆる不測の事態に対して備えているのです。馬の足首にもすべて防御リングをつけてあります」
「でも、いったいなんのため？」アリスは興味津々で聞いてみる。
「サメに噛まれても大丈夫なように。これはわたしの発明でしてな。さて、馬に乗るのに手を貸してください。森のはずれまでお送りします――その皿はなんですかな？」
「これはフルーツケーキをのせる皿です」
「それも持っていったほうがいいですな。どこかでフルーツケーキが手に入ったときに、あると便利です。この袋に入れますから手伝ってください」

この作業がまた一筋縄ではいかなかった。アリスがこのうえなく気をつかって袋をひらいて待っているのだが、騎士がまたこのうえなくぶきっちょで、なかなか皿が入らない。二度か三度、自分が袋のなかに入ってしまったこともあった。「これはかなりきついですな」ようやく入れるのに成功したところで騎士が言った。「この袋にはろうそく立てがぎっしり入っているんですよ」騎士はそれを馬の鞍にくくりつける。しかしすでに鞍はいっぱいで、山ほどのニンジンや火かき棒をはじめ、さまざまなものが、所狭しとぶらさがっている。
「あなたの髪はしっかり頭にくっついていますかな？」馬を進めながら騎士が言う。
「いつもこんな感じです」アリスが言って、にこっと微笑む。
「それじゃあ、ぜんぜん足りませんぞ」不安そうに騎士が言う。「このあたりは極めて風がしつこい。濃いスープのようにしつこい風が吹いてきますからな」
「髪が吹き飛ばされるのを防ぐ方法は、まだ発明していないんですか」アリスは聞いた。
「まだこれからです。ただし、髪がぬけ落ちるのを防ぐ方法はもう発明しましたよ」

「それ、すごく聞きたいです」

「まず棒を１本まっすぐ立てるんです。それからその棒に、髪を下から上へ、果樹のように這い上がらせていく。髪の毛がぬけ落ちる理由はぶら下がるからであって、上に向かって落ちることはありえんでしょう。これはわたしの発明した方法でしてな。なんなら試してもらっても結構ですよ」

あまり気持ちのよい方法ではなさそうだと思い、騎士の発明に頭を悩ませつつ、アリスはしばらく黙って歩いていく。たびたび馬から転げ落ちる騎士を助けるために、何度も足をとめる。明らかに騎士は馬に乗るのが下手だった。

馬がとまるたびに（しょっちゅうとまる）、騎士は馬の前に転げ落ち、ふたたび走りだすと（たいていはいきなりだ）、今度は馬の後ろへ転げ落ちる。そうでないときは、比較的安定しているものの、時々、横に転げ落ちる癖もあった。それもアリスが歩いている側に落ちるので、まもなくアリスは馬に近づかないで歩くのが一番だとわかり、そうすることにした。

「あの、乗馬の練習があまり十分でないようですね」５回目に落馬した騎士を助け起こしてやりながら、アリスは思い切って言ってみた。

騎士は非常におどろいた顔をして、少々気分を害したようだった。「それはまたずいぶんなお言葉、どういうことでしょう？」苦労して鞍の上にもどるあいだ、騎士はずっと片手でアリスの髪をつかみ、そちら側に落ちないよう気をつけている。

「練習を十分に積めば、そんなにしょっちゅう落馬することはないでしょう」

「練習ならたっぷりしておりますぞ」騎士は怒りを露わにした。「山ほどの練習を！」

アリスは返す言葉が見つからない。「そうだったんですか」アリスは努めて優しく言った。そのあとしばらくふたりの会話はなく、騎士はぶつぶつ独り言を言い、アリスはアリスで、また落馬するんじゃないかとひやひやしながら騎士を見ていた。

「馬術の要諦は――」騎士が右腕を振り上げ、とうとつに大声で切り出した。「正しい――」そこで始まったときと同じように、とうとつに言葉が切れ、ちょうどアリスの歩いている道に、頭からずどんと落馬した。今度ばかりはアリスもびっくり仰天し、騎士を抱き起こしながら、不安な声でたずねた。「まさか骨は折れていませんよね？」

「なんのこれしき」騎士は、まるで骨の2、3本折れていても気にしないかのような口ぶりで言った。「馬術の要諦は、先ほど言いかけたように——正しいバランスを維持すること。ほらこのように——」

騎士は言わんとするところをやってみせようと手綱を放し、両腕を大きく広げたが、今度は馬の足もとに背中から落ちてしまった。

「練習なら十分にやったんだ！　練習なら十分に！」アリスがまた助け起こしてやっているあいだ、騎士はずっと繰り返している。

「もういいかげんにして！」とうとうアリスの我慢も限界に達した。「あなたみたいな人は車輪付きの木馬に乗ったらいい！」

「その馬は乗りやすいのですかな？」騎士は大いに興味を示し、また落ちないよう馬の首にしがみつきながら言った。

「生きた馬よりよっぽど楽よ」アリスはできるだけ我慢したが、つい笑ってしまった。

「では、それを手に入れることにしよう」騎士が考え深そうに言った。「1頭か2頭——いや数頭」

そのあとしばらく口をつぐんでから、また騎士が先を続ける。「発明にかけては、わたしは天才的な頭脳を持っていましてね。お気づきかもしれませんが、最後に助け起こしてくださったとき、わたしの顔に考えこむ表情が浮かんでいたでしょう？」

「ちょっと難しい顔をしていらっしゃいました」とアリス。

「そう、ちょうどそのとき、門を越える新しい方法を模索していたんです——知りたいですかな？」

「はい、とても」アリスは礼儀正しく言った。

「どうやって思いついたか、お教えしましょう。真っ先に頭に浮かんだのは、『唯一の問題点は足で、頭は最初から高いところにあるから、何も問題はない』ということ。それでまずは頭を門のてっぺんに置いてみる——これで頭は十分に高いところにある——それからそのままの状態で逆立ちをする——そうすると十分に足も高い位置にきますな——そうしたらそのまま向こう側にくるっとひっくり返ればいい」

「確かに、最終的には門を越えられます」アリスは考えこむような顔で言う。「でも、それってかえって難しくないですか？」

「まだやってみていません」騎士がしかつめらしく言う。「ですから、はっきりしたことはわからんのです——しかし少々難しいかもしれませんな」

騎士が心底困り果てた顔になったので、アリスがあわてて話題を変える。「その兜、すごくめずらしいですよね！」陽気に言った。「それもあなたの発明ですか？」

騎士は鞍からぶら下がっている兜を誇らしげに見おろした。「ええ、そうですとも。しかしそれよりもっと優れた兜を以前に発明したことがあります——背高の三角帽子のような形をしておりましてな。それをかぶっていれば、落馬しても、まず兜が地面に突き刺さるから、わたしはほんの少し落ちるだけでいい——ところがこの兜はそのなかに落ちる危険があるのです。一度わたしもえらい目に遭いましてな——最悪だったのは、兜から出る前に、べつの白の騎士がそれをかぶってしまったことでした。そやつは自分の兜とまちがえたんです」

騎士がじつに深刻な顔つきで話しているので、アリスは笑うに笑えない。「その白の騎士に怪我を負わせたんじゃありませんか？」言いながら、おかしくて声が震える。「あなたは兜のなかにいたんでしょう？」

「もちろんこちらも必死ですから、蹴り出してやりました」大まじめで騎士が言う。「そやつは兜を脱いではくれたんですが、わたしがそのなかから出るのに何時間もかかってしまった。はまってしまったんですよ。ほれ、まるで計算のようにきっちり」

「計算のきっちりは、またべつの意味だと思いますけど」

騎士は首を横に振った。「なんでもよいのだ！　とにかく、きっちりかっきり、はまったんだ！」騎士は言いながら興奮して両手を勢いよく上げ、あっというまに鞍から転げ落ち、深い溝に頭から突っこんでしまった。

アリスは溝の脇へ駆け寄って騎士を探す。しばらく何事もなく乗っていたあとだったので、騎士が落ちたのにおどろいてしまい、今度こそ怪我をしたのではないかと危ぶんだ。アリスには溝にはまった騎士の足裏しか見えないが、それでもいつもの調子で騎士がしゃべっているのを聞いてほっと胸をなでおろした。「とにかく、きっちりかっきり、はまった」同じ言葉を繰り返したあとで騎士はこう言った。「結局そやつがうっかりして、他人の兜をかぶったのがいけなかったんですな——人が入っている兜なのに」

「逆さまのままで、どうしてそんなに落ち着いて話していられるんですか？」言いながらアリスは、騎士の足を引っ張って引きずり出し、土手の上にどてっと寝かせる。

騎士はアリスの質問におどろいたようだった。「どうして、わたしの体の状態が問題になるのですかな？」騎士が言う。「頭はいつだって正常に働いておるのです。それどころか、逆さまになった状態のほうが、新しいことをどんどん思いつける」

「これまで考えたなかで、とりわけ気の利いた発明は」少し間をおいて騎士は言った。「コースの肉料理を食べている最中に考えた、まったく斬新なプディングです」

「それって、その日のコースの最後に食べるデザートに間に合ったの？　そうだとしたらすごい早業！」

「いや、ちがいましたかな……」騎士は考え考えゆっくりと言う。「その日のコースではなかった」

「じゃあ、次の日のコース？　その日のデザートはすでに用意されていたんだから、さらに新しいものを出されても困るものね」

「いや、次の日にも出なかった」騎士が言う。「ああ、確かに出なかった。それどころか」騎士はうなだれて、声もだんだん小さくなってきた。「あれは結局一度もつくられなかった。この先も永遠につくられやしませんな。それでも、じつに気の利いた発明品のプディングだったんです」
「それって、なにでつくるのかしら？」元気を出してもらおうと、アリスは聞いた。かわいそうに騎士はすっかり意気消沈してしまっている。
「まずは吸い取り紙」騎士がうめくように言った。
「あまりおいしそうには思えませんねえ。それはちょっと――」
「それだけでは、そうでしょう」騎士が熱っぽく言う。「しかしべつのものと合わせてみると、俄然おいしくなるんですよ――たとえば、弾薬とか封蝋とか。さて、このへんでお別れですな」ふたりはちょうど森のはずれまで来ていた。
　アリスはとまどった顔をしている――まだプディングのことを考えていたからだ。
「お悲しみですか」騎士が心配そうに言う。「慰めに歌を歌って差し上げましょう」
「それって、すごく長いんですか？」もう詩はたくさんだった。
「長いです。しかしこれがまたすばらしく美しい。わたしが歌うのを聞くと――みな目に涙を浮かべるか、あるいは――」
「あるいは？」騎士が突然口を閉ざしたので、アリスはたずねた。
「あるいは浮かべないか。その歌の名前は、“鱈の目玉”と呼ばれています」
「なるほど、それが歌の名前なんですね？」アリスは歌に興味を持ったように言った。
「いいえ、よくおわかりになっていないようですね」騎士がちょっといらついた顔で言う。「歌の名前がそう“呼ばれている”と言ったのです。本当の名前は、“おそろしく年食ったじいさん”です」
「じゃあ、その歌は“鱈の目玉”の曲名で呼ばれている、と言えば正しかったんですね」アリスはそう言いなおした。
「いいえ、ちがいます。その歌自体は“身過ぎ世過ぎ”と呼ばれています。しかしあくまで、そう呼ばれているというだけの話！」
「それじゃ、その歌って何？」ここまでくると、アリスの頭はすっかり混乱していた。
「それをこれから申し上げようと。じつはそれ、“門の上にすわって”という歌なん

です。メロディーはわたしの発明でしてな」

言いながら騎士は馬をとめ、手綱を馬の首に落とした。それから片手でゆっくり拍子を取りながら、品のいい、ちょっと間がぬけたような顔にかすかな笑みを浮かべた。自分の歌を心から楽しむように顔を輝かせている。

鏡の国を旅するあいだ、奇妙なことを数多く経験したアリスだが、このときの光景はひときわ目にくっきりと焼きつき、それから何年たっても昨日のことのように思い出せた――騎士のおだやかな青い瞳と優しい笑み――その髪を、沈む夕陽が金色に染め上げ、鎧が燃え立つように輝いている。近くを静かに歩きまわる馬は、騎士の放した手綱を首にのせたまま、蹄で草を軽く蹴っており、その後ろに森が黒々と横たわっている。アリスは小手をかざし、１本の木に寄りかかりながら、まるで一幅の絵を見るようにこの光景に見入っていた。半分夢のなかにいるような気分で、憂愁に満ちた歌の調べに耳を傾けながら、奇妙な騎士と馬を見守っている。

でもメロディーは自分の発明じゃないでしょ、とアリスは心のなかで思う。“与うるもの、これすべて汝に与えん”そのままだもの。アリスは立たずんで真剣に耳を傾けていたが、涙はこれっぽっちも浮かんでこなかった。

全部話してやろうじゃないの
たいした話じゃねえけどさ
おそろしく年食ったじいさんがいたんだよ
門の上にすわってた
「じいさん誰(だれ)だい？」オレは言った
「どうやって食ってる？」ってね
だが、オレの頭はザルで
じいさんの言葉はザーッとぬけた

「蝶(ちょう)をとってるんだよ
小麦畑で眠(ねむ)る蝶、
そいつを羊(マトン)パイにして
男たちに売っている
客は荒海(あらうみ)に出る船乗りたちさ
それがわしの身過(みす)ぎ世過(よす)ぎ
まあそれなりに、
ほそぼそとね」

オレはそんとき考えてた
あごひげ緑に染めようかって
大きな扇子(せんす)でもかざしていれば
どうせ誰にも見られやしねえ
それですっかりうわの空
じいさんに返してやる言葉もねえ
「だから、どうやって暮(く)らしてる？」
オレは叫(さけ)んで、頭をどやしつけた

　それでもじいさん、声おだやか
「わしはわしの道を行くだけ
　山のせせらぎ見つけたら
　ぱあっと火を放ってみる
　そうしてつくるは
　いま人気のロランド印の髪油
　わしの取り分は２ペンス半
　苦労のわりにはちょっぴりさ

　オレはそんとき考えてた
　練り粉を食って暮らせねえかと
　来る日も来る日もそいつを食ってりゃ
　少しは太りもするんじゃねえかと
　じいさんの体、ぶんぶん揺すった
　やりすぎちまって、じいさん真っ青
「だから、どうやって暮らしてる？」
「何の仕事をしてるんだ！」

　じいさんいわく「光まぶしいヒースの丘で
　鱈の目玉を獲っている
　チョッキのボタンにするんだよ
　ひっそり静まる夜中にね
　だが、それを売ったところとて
　金貨や銀貨になるわけじゃなし
　半ペニー銅貨がせいぜいだ
　それもボタン９つのお代だぞ」

「時にはバターロールを掘り出した
　鳥もち枝でカニを獲り
　時には草深い塚をめぐりめぐって
　馬車の車輪をさがしたり
　それがわしの身過ぎ世過ぎ」
　（ここでウィンク）
「金もうけたら、わしゃ喜んで
　若様の健康、祝うとしょう」

今度はじいさんの声が聞こえたね
ようやく名案浮かんだから
メナイ橋、錆を防ぐにゃ
ワインで煮りゃいい
じいさん、いろいろありがとよ
身過ぎ世過ぎの話もよかったが、
オレの健康祝してくれた
そいつが一番ありがてえ

それでいま、たまたまオレが
糊に指を突っこんだり
左の靴に右足を
しゃかりきになって押しこんだり
ずいぶん重たいもん
爪先に落っことしでもしたときにゃ
オレ、泣くね、あの年食ったじいさん
しみじみ思い出してさ――

表情おだやか、口ぶりゆるやか
雪より真っ白な髪して
顔なんかカラスそっくり
目を熾火のように光らせて
身過ぎ世過ぎに余念なく
体はぐらぐら
低い声でぶつぶつ
練り粉でも頬ばってるみてえだった
鼻息だって水牛なみだったじいさん
遠い遠い夏の夕暮れ
門の上にすわってた

騎士は最後まで歌い終えると、手綱を手に取って、これまで進んできた道に馬の首を向けた。「あと数ヤード進むだけですな。あの丘を下って小川を渡ると、あなたは女王におなりでしょう」そう言うと、示された方角を熱っぽい目で見ているアリスに、騎士はさらにつけ足す。「ですがその前に、わたしを見送ってくださらんかな？　そう

長くはかかりません。ここで待っていて、わたしがあの道を曲がったところでハンカチを振ってくだされば、こちらも元気が出るというものです」
「もちろん、お見送りしますよ」とアリス。「こんな遠くまで送ってくださって、本当にありがとうございました――それに歌も――すごく気に入りました」
「そうであればいいのですが」騎士は疑わしそうに言った。「しかし涙を浮かべるかと思ったら、そうでもなかったですな」
　そこでふたりは握手をし、騎士は森のなかへゆっくりと馬を進めていった。「見送りにそんなに時間はかからないよね」アリスは自分の胸に言い聞かせ、立ったまま騎士を見守る。「うわっ、また！　今度も頭から真っ逆さま！　だけど、またらくらくと背中に乗った――馬にあれだけごちゃごちゃと、いろんなものをつり下げているからよね――」そんなふうに独り言を言いながら、馬がゆるゆると道を進んでいくのを見ていると、騎士がまた落馬した。最初は右脇から、次は左脇から。4回か5回落ちたところで、道の曲がり角にさしかかったので、アリスはハンカチを騎士に向かって振り、その姿が見えなくなるまで待った。
「これで元気を出してくれるといいんだけど」アリスは言って、丘を振り返った。「さて、最後の小川。これを渡ればついに女王になれる！　ああ、なんてすてき！」わずかしか進まないうちに、川べりにたどりついた。「とうとう8マス目！」アリスは叫ぶと、ぴょーんと飛んで小川を渡り――

気がついたときには、芝生に寝そべっていた。芝生は苔のように柔らかで、そこここに花が群がって咲いている。「ああ、なんていい気分！　あれ、でも頭の上にあるこれは何？」ぎょっとした声でアリスが言う。手を伸ばしてみると、何かとても重たいものが頭にしっかりとはまっていた。
「知らないあいだに、どうしてこんなものが？」アリスは言って、何がのっているのか確かめようと、それを持ち上げてはずし、膝の上に置いた。
　それは金色の王冠だった。

第9章

女王アリス

「うわあ、すっごーい！　こんなにすぐに女王になれるなんて思ってもみなかった――ちょっと陛下、よくお考えくださいね」アリスはいきなり厳しい口調になった（自分で自分を叱るのがいつも大好きなのだ）。「女王たるものが、そんなふうに草っぱらでのらくらしていてよいのでしょうか！　もっと女王らしい威厳を保たなくては！」

それでアリスは立ち上がってあたりを歩きはじめた――王冠が落ちやしないかと、最初はびくびく歩いていたが、誰にも見られる心配はないと思ったら気が楽になってきた。「それに、もしあたしが本物の女王なら」そう言ってまた腰を下ろした。「いまに女王らしくふるまえるようになるはずだし」

妙な出来事ばかりが続くので、自分のすぐ両隣に赤の女王と白の女王がすわっていると気づいても、アリスはあまりおどろかなかった。どうしてここにいるのか、聞いてみたいのは山々だったけれど、それは礼儀に反すると思うと聞くことができない。でもゲームはこれで終わりなのかどうかを聞くのはまったく問題ないと思えた。「あの、ちょっとおたずねしますが――」アリスはおずおずと赤の女王に切り出した。

「話すのは話しかけられたときだけです！」女王がアリスの言葉を厳しくさえぎった。

「でも、その規則をみんなが守ったら」アリスは負けずに言う。ちょっとした議論なら、いつでも受けて立つ覚悟があるのだった。「話しかけられたときだけ話していいというなら、ほかのみんなはずっと誰かが話すのを待っているわけで、誰も何も言わないでいたら――」
「この愚か者！」女王が叫んだ。「どうしてこの子は物わかりが――」ふいに眉をひそめて言葉を切り、しばらく考えてから、いきなりべつの話に変える。「"もしあたしが本物の女王なら"とはどういうことですか？　どんな権利があって自分を女王などと呼ぶのです？　しかるべき試験に合格するまでは女王ではないのですよ。試験を始めるなら早いに越したことはありません」
「あたしは"もし"としか言っていません」アリスがおろおろして言う。
　ふたりの女王は顔を見あわせ、赤の女王が体をわずかに震わせて言う。「この子、"もし"としか言ってないって――」
「いいえ、"もし"以外にもたくさん言いましたよ！」白の女王が言って、いらいらと両手を揉み合わせる。「たったひとことじゃ終わりませんでしたもの！」
「ほうら、あなたはもっといろいろ言ったんです」赤の女王がアリスに言う。「うそはいけません――話す前に考えること――話したあとは書き取ること」
「あたし、そういう意味じゃなくて――」アリスが言いかけると、赤の女王がいらいらしてさえぎった。
「いけません！　意味がなくてどうします。意味のない子どもがなんの役に立つというのです？　冗談にさえ、なんらかの意味があるのですよ――子どもが冗談以下でどうするんですか。これればかりはどんな手をつかっても否定できませんよ」
「べつに、手なんかつかって否定しませんけど」アリスは言い返した。
「誰も"した"とは言っていません」と赤の女王。「しようにも"できない"と言ったんです」
「この子、いまはそういう気分なんですよ」白の女王が言う。「なんでも否定したいの――それなのに何を否定していいかわからないのよ！」
「なんと浅ましい子でしょう、性格が曲がっているのですね」赤の女王が言い、そのあと1、2分は、なんとも気まずい沈黙が流れた。
　その沈黙を破ったのは赤の女王だった。白の女王に向かって言う。「今日の午後に

9 – 8
3
1
17
+
4
9
6
4
10
2
5
8
7

ひらかれるアリスの晩餐会に、あなたをご招待しましょう」

　白の女王がかすかに笑い、こう言った。「では、わたしはあなたを招待しますわ」

「あたしが晩餐会をひらくことになるなんて知りませんでした」とアリス。「でもそれが本当なら、招待客はあたしが選ぶべきだと思います」

「わたくしのほうでお膳立てしたのです」と赤の女王。「なぜならあなたは何も知らない。まだ礼儀作法の授業をそんなに多く受けていないでしょうから」

「学校では礼儀作法の授業なんてありません」とアリス。「教えてくれるのは計算とか、そういったものだけ」

「足し算はできるかしら？」白の女王が聞く。「１足す１足す１足す１足す１足す１足す１足す１足す１足す１は？」

「わかりません。数えそこなってしまって」

「足し算もできないとは」赤の女王が口をはさんだ。「では引き算は？　８から９を引いてみなさい」

「８から９は引けません」アリスはすぐに答えた。「でも――」

「この子、引き算もできないんだわ」白の女王が言う。「じゃあ割り算はできるかしら？　パンのかたまりをナイフで割ると――答えは？」

「それは――」アリスが言いかけたところで、赤の女王がかわりに答えてしまう。

「パンとバター、当然です。もうひとつ、引き算をやってみなさい。犬から骨を引くと――残りは？」

　アリスは考えた。「骨を取ってしまったら、もちろん骨は残らない――それに犬も残らない――あたしを噛みにくるだろうから――そしたら、あたしも残らない！」

「じゃあ、なんにも残らないと言うのですか？」赤の女王が聞く。

「それが答えだと思います」

「これも正解ではありません」と赤の女王。「犬の“気”が残ります」

「よくわかりません――」

「しっかり考えなさい！」赤の女王が声を張りあげた。「犬は気を失うではありませんか？」

「たぶん、そういうこともあると思います」アリスは慎重に答えた。

「それなら犬が消えても、その気は残るでしょう！」女王が勝ち誇ったように言った。

アリスは努めて真剣な口調で言う。「犬も気も、なくなるのではないかしら」そう言いながらも、なんてばかげた話をしているんだろうと思ってしまう。

「この子、計算はぜんぜんダメ！」女王ふたりが声をそろえてきっぱりと言った。

「あなたはできるんですか？」アリスはふいに白の女王に向かって言った。あまりのひどい言われように、さすがに頭に血がのぼってきたのだ。

女王ははっと息を飲み、目をつぶってしまった。「足し算はできるの。時間をかければね――でも引き算はどんな状況でもできないわ！」

「当然ながら、アルファベットは言えるでしょうね？」赤の女王が言った。

「もちろんです」とアリス。

「わたしも知っているのよ」白の女王がささやくように言った。「いつかいっしょに初めから終わりまで繰り返し言ってみましょうね。それにね、いいこと教えてあげる――わたし、アルファベット１文字の言葉も読めるの！　すごいでしょ？　でもしょげなくていいわ。あなただっていずれは読めるようになるんだから」

そこでまた赤の女王が質問する。「あなたは生活に役立つ問題にも答えられますか？　さてパンはどうやってつくるでしょう？」

「それならわかります！」アリスが勢いこんで言う。「まず小麦粉を――」

「小麦粉はどこで摘むの？」白の女王が聞く。「お庭かしら？　それとも生け垣？」

「いいえ、摘んでくるんじゃありません。挽くんです――」

「何から何を引くの？　確かあなたは引き算ができないはずよ」白の女王が言う。「あんまりいい加減なことを言っちゃだめ」

「頭をあおいでやらないと！」赤の女王が心配そうに口をはさんできた。「あんまり一気に頭をつかったものだから、熱が出たにちがいありません」女王ふたりは葉っぱの束でせっせとアリスの頭をあおぎだした。髪がばさばさに乱れるからやめてと、アリスが頼んでようやくやめてくれた。

「もう大丈夫のようですね」と赤の女王。「あなたは外国語はできますか？　フィドル・ディーディーをフランス語でなんと言うでしょう？」

「フィドル・ディーディーなんて言葉はありません」アリスがまじめくさって答える。

「誰があると言いました？」赤の女王が言う。

　この難局を切り抜けるのに、アリスはいいことを思いついた。「フィドル・ディーディーの意味を教えてくだされればフランス語に訳します！」大得意で言った。

　ところが赤の女王は大げさに胸を張って言った。「女王たるもの、取り引きなどには応じません」

　女王たるもの、質問もしないでほしいと、アリスは心のなかで言う。

「喧嘩はやめましょう」白の女王が心配そうに言う。「稲光を起こすのは何？」

「稲光を起こすのは」わかりきったことだったので、アリスは自信たっぷりに言う。

「雷です——あっ、まちがえた！」あわてて訂正する。「逆でした」

「いまさら訂正しても遅い」と赤の女王。「一度言ったら、それで決まりです。あとの責任は引き受けねばなりません」

「それで思い出したわ——」白の女王はうなだれ、びくびくしたようすで両手をにぎったりひらいたりしている。「火曜日に大きな雷があったわね——火曜日が何日か続いた最後の日のことだけれど」

アリスは首をかしげる。「あたしの国では、火曜日は続きません。曜日は毎日変わりますけど」

「それは手ぬきというものです。ここでは、昼や夜も、二度、三度と続けて来ますよ。冬になると、5回連続で夜が来ます——そのほうが暖かいですからね」

「夜が5日続くほうが、1夜だけより暖かいの？」アリスは思い切って聞いた。

「5倍の暖かさ。当然の話です」

「それなら、寒さだって5倍になるんじゃ——」

「そのとおりです！」赤の女王が叫んだ。「5倍暖かくて、5倍寒い——わたくしがあなたより5倍お金持ちで、5倍賢いのと同じです！」

アリスはもういいやと、ため息をついた。これじゃ、答えのないなぞなぞと同じ！

「ハンプティ・ダンプティも雷を見たのよ」白の女王が声を落として、独り言のように先を続ける。「このあいだ、手にコルクの栓抜きを持ってやってきたわ——」

「何をしに？」赤の女王が聞く。

「“なかへ入れてくれ”って言うの。カバを探しているんですって。でもたまたまそのとき、うちにはそういうものがなかったの。その日の朝はね」

「ふだんはいるものなんですか？」アリスがぎょっとして聞く。

「木曜日だけ」と女王。

「何をしにやってきたんだか知ってます」とアリス。「小ざかなたちをお仕置きしたかったんです。なぜかというと——」

そこでまた白の女王が先を続ける。「ものすごく激しい雷と雨だったの。あなたには想像もつかないほどの！」（「そもそもこの子には想像なんてできやしません」と赤の女王が言った）。「屋根の一部がはがれて、雷がいくつも入りこんできたの——それ

がみんな部屋じゅうをゴロゴロゴロゴロ転がって、テーブルやなんかを全部ひっくり返して——わたし、本当に恐ろしくて、自分の名前も思い出せなくなったの！」

アリスは思う——そんな大変なことが起きているときに自分の名前を思い出そうとするなんて、あたしだったらぜったいしない。そんなことして、なんの役に立つんだろう。しかし哀れな女王の気持ちを傷つけてはいけないと思い、口にはしなかった。

赤の女王は、白の女王の両手を自分の手で包み、そっとなでながら、アリスに向きなおって言う。「女王陛下、この人を許しておあげなさいね。この人には悪気はないのですが、よくこうして、おかしなことを口ばしってしまうのです」

白の女王はアリスの顔をおずおずとうかがっている。本当なら、ここで優しい言葉のひとつもかけるべきだと思ったが、このときアリスの頭のなかは真っ白だった。

「お育ちがあまりよくないのです」赤の女王が続ける。「それでも、おどろくほど気立てのよい人間に成長して！　さあ、頭をなでてあげなさい。たいそう喜びますよ！」しかしアリスにそんな勇気はなかった。

「優しくしておあげなさい、少しでいいのです——この人の髪にカーラーを巻いてやるとか——それだけでもう大喜びですよ」

白の女王は深いため息をついたかと思うと、アリスの肩に頭をのせた。「なんだか眠くなっちゃった！」白の女王があくびまじりに言う。

「疲れているのですね、かわいそうに」と赤の女王。「髪をなでておやりなさい——眠るときにかぶるナイトキャップを貸してあげるといいでしょう——そうして、安心して眠れる子守歌でも歌っておあげなさい」

言われた通り、白の女王の髪をなでてやったところで、アリスは言った。「ナイトキャップなんて持ってきてません。それに安心して眠れる子守歌も知りませんし」

「じゃあ、わたしが歌うしかありませんね」赤の女王が言って、歌いだした。

ぐっすりおやすみ、アリスの膝で！
宴の用意ができるまで、お昼寝の時間
宴のあとは舞踏会——
赤白女王、アリスもいっしょに！！

「さあもう、覚えたでしょう」赤の女王が言い、アリスのもういっぽうの肩に自分の頭をのせた。「今度はわたくしに歌っておくれ。わたくしも眠たくなってきましたからね」次の瞬間、女王ふたりが眠りに落ち、大きないびきが響きわたった。

「いったいどうしろって言うの？」アリスは途方に暮れて、あたりをきょろきょろ。そのうち肩にもたれている頭がひとつ、またひとつと転がってアリスの膝に落ちてきた。「こんなの生まれて初めて！　眠っている女王の面倒を一度にふたりも見なきゃいけないなんて！　ううん、ちがう、イギリスの歴史始まって以来、初めてよ！　だって一度に女王がふたり王位につくなんてことはなかったもの！　起きてよ、重たい」アリスはいらいらした口調で言い立てるものの、反応はまったくなく、ただ安らかに眠る女王たちのいびきが返ってくるだけだった。

ところがだんだんに、いびきの響きが変わってきて、やがて何かの曲のように思えてきて、しまいには歌詞までが聞きとれるようになった。アリスは一心に耳を傾けるあまり、大きな頭ふたつが、ふいに膝の上から消えたのにも気づかない。

気がつくとアリスはアーチ型の門の前に立っていた。そのてっぺんには大きな文字で“**クイーン アリス**（QUEEN ALICE）”と書かれており、アーチの両脇にはベルの引き手がひとつずつついていて、片方には“来客用ベル（VISITORS' BELL）”、もう片方には“召し使い用ベル（SERVANTS' BELL）”と書かれている。

歌が終わるまで待ってからベルを鳴らそうとアリスは思う——でもどっちのベルを鳴らしたらいいの？　アリスはすっかり悩んでしまった。あたしは来客じゃないし、召し使いでもない。普通は“女王様用”と書かれたベルがあるはずだけど——。

ちょうどそのとき、ドアが少しひらいて、長いくちばしを持った生き物が、さっと

頭を突き出した。「再来週まで、入場お断り！」と言うと、ドアをバタンと閉めてしまった。

それからしばらく、アリスはドアをノックしたり、ベルを鳴らしたりしていたが、誰も出てこない。すると、木の下にすわっていたよぼよぼのカエルが立ち上がり、よろよろ足で、ゆっくりアリスに近づいてきた。カエルは鮮やかな黄色の服を着ていて、ばかでかい長靴を履いている。

「もしもし、なんのご用で？」カエルがしゃがれ声でふがふがと言う。

アリスは振り返った。誰でもいいから、文句をつけたい気分だった。「このドアの番をする召し使いはどこ？」怒った口調で言う。

「さあて、どのドアですかいな？」とカエル。

いたってのんきなカエルの口調にアリスはいらいらし、いまにも地団駄を踏みそうだった。「このドアに決まってるでしょ！」

QUEEN ALICE
ANTS'
VISITORS' BELL

カエルはぎょろりとした目をとろんとさせて、ちょっとのあいだドアを見ていたが、やがて近づいていくと、ペンキがはがれないか確かめようとするかのように親指でドアをごしごしこすった。それからようやくアリスに目を向ける。
「ドアの番と、そう言いなすったようだが、いったいなんの順番がまわってきたのかね？」カエルの声はしゃがれすぎていて、アリスにはよく聞きとれない。
「何をしゃべってるのか、よくわからないんだけど」とアリス。
「わたしはきちんとしゃべっているでしょうが？」とカエル。「それともあなたは耳が不自由でいらっしゃるのかな？　なんの順番かね？」
「なんの順番でもないわ！」アリスはいらいらと言った。「ドアをたたいてたの！」
「あんた――そんなことをしちゃあ、いかんねえ」今度はアリスが叱られてしまった。「そんなことをしちゃあ、ドアだっていい気はせんだろうよ」カエルはつかつかとドアに近づいていって、ばかでかい足でドンと蹴りつけた。はあはあ息を切らしながら、「ここはそっとしといてやるのが一番」とアリスに言い、もといた木のほうへよろよろともどっていく。「そうすれば、向こうもちょっかいは出さんだろうよ」
次の瞬間、ドアが勢いよくひらき、甲高い歌声が外にもれてきた。

鏡の国の者たちに、アリス女王おっしゃった
手に錫杖、頭に冠
我はこの国の女王なり
鏡の国の、ありとあらゆる生き物たちよ
我が宴に駆けつけよ、赤白女王もごいっしょに！

そこで何百という声が合唱に加わった――

さあさあグラスに飲み物満たせ
テーブルにばらまけ、糠やボタン
コーヒーにはネコ、お茶にはネズミをぶちこんで
アリス女王に万歳三唱、30回！

すると歓声がわきおこり、どよめきがあがった。そこでアリスは思う。「万歳三唱、30回」ということは、全部で90回も万歳しなくちゃいけない。誰か数えてるのかな？　するとまた静まって、さっきと同じ甲高い声が2番を歌いだした。

アリス女王おっしゃった
さあさ近くに、遠慮はいらぬ
ともに料理と茶に舌鼓、これ光栄至極なり
さあわが宴の席に着け、赤白女王もお待ちかね！

そこでふたたび大合唱が始まった——

グラスを満たせ、糖蜜にインク
砂に酒混ぜ、毛糸に葡萄酒ぶっかけ
飲んでうまけりゃ、なんでもいい
アリス女王に万歳九唱、90回！

「万歳九唱、90回！」アリスは絶望して繰り返した。「そんなの絶対無理！　すぐになかに入ったほうがいいかも——」ところが入ったとたん、会場がしんと静まった。
　アリスは緊張しながらテーブルに目を走らせ、大きな広間を歩いていく。およそ

50人ほどの客が集まっているが、顔ぶれはじつにいろいろ――動物や鳥はもちろん、花も何輪か顔をそろえている。招待する前に自分から来てくれてよかったとアリスは思う。誰を呼ぶのがふさわしいか、自分ではぜったいわからなかった。

テーブルの上座には椅子が3つ並んでいる――そのうちふたつに赤の女王と白の女王が腰を下ろしていて、まんなかがあいている。アリスはそこにすわったものの、みんながしんとしているのがいたたまれず、誰か話してくれないものかと思っている。

ようやく赤の女王が話しかけてきた。「スープと魚料理を逃しましたね」と言ってから、「骨付き肉を持ってまいれ！」と叫ぶと、給仕が現れてアリスの前に羊のもも肉の皿を置いた。もも肉を切り分けるのが初めてのアリスは、不安な目でそれを見ている。

「少々照れているようですね。ではわたくしが紹介しましょう」と赤の女王。「さあアリス――こちらが羊のもも肉さん。もも肉さん、こちらがアリス」羊のもも肉は皿の上でひょいと立ち上がり、アリスに向かってぺこりとお辞儀をした。アリスもお辞儀を返しながら、ぎょっとするべきか、面白がるべきか、わからずにいる。

「ひと切れいかがですか？」アリスがナイフとフォークを手に、女王をひとりひとり見る。

「とんでもありません」赤の女王がきっぱりと言った。「紹介された相手を刃物で切るなんて、エチケット違反もはなはだしい。もも肉を下げよ！」すると給仕がすぐさま運び去り、かわりに大きなプラム・プディングを運んできて、そこに置いた。
「プディングには紹介しないで」アリスがあわてて言う。「でないと何も食べられない。少し切り分けましょうか？」
　しかし赤の女王はむっとして、うめくように言った。「プディングさん――こちらがアリス。アリス――こちらがプディングさん。さあ、下げておしまい！」すると給仕がすばやくプディングの皿を片づけたので、アリスはお辞儀を返す暇もなかった。
　しかし、どうして赤の女王ばかりが命令をするのか、アリスには理解できない。それで試しに自分も大きな声で言ってみた。「給仕さん！　プディングをまた持ってきてちょうだい！」するとまるで手品のように、目の前にそれが現れた。ものすごく大きなプディングだったので、羊のもも肉を前にしたときと同じように、ちょっとどぎまぎしたが、なんとか勇気を振り絞り、ひと切れ切り分けて赤の女王に渡した。
「なんてひでえことを！」プディングが言う。「あんた、自分の体の一部をそんなふうに切りとられて、いい気持ちがするかい？　こんちくしょうめ！」
　脂ぎった声でねちねちとからんでくるので、アリスはひとことも返せない。息を飲んでじっとすわり、プディングをまじまじと見ている。
「あなたも何かしゃべりなさい。プディングさんばかりにしゃべらせておくなんて、どうかしてますよ！」赤の女王が言う。
「あの、今日は詩をいっぱい教えてもらったんですけど」アリスは切り出したとたん、ちょっと怖くなった。口をひらいたとたん、会場がしんと静まり、全員の目がこちらに集まるのがわかったからだ。「それがすごく不思議で、どの詩にも必ず魚や貝が出てくるんです。どうしてここの人たちは、お魚がそんなに好きなんでしょう？」
　アリスは赤の女王に向かって言ったのだが、女王の答えはちょっとずれていた。「魚と言えば」そう言うと、ことのほかゆっくりと、もったいぶってアリスの耳に口を近づけてきた。「白の女王陛下が面白いなぞなぞを知っていますよ――全部詩になっていて――どれも魚のことを歌っているんです。暗唱してもらいましょう」
「そんなことを言ってくださるなんて、赤の女王陛下ったら、ほんとうにお優しいわ」

白の女王もアリスの反対の耳に口を近づけて、ハトが鳴くような甘い声でささやいた。「なんだか面白くなりそう！　ひとつやってみようかしら？」

「お願いします」アリスはとても礼儀正しく言った。

白の女王はうれしそうに笑うと、アリスの頬をなでた。それから暗唱を始めた。

「まずは魚をつかまえなくちゃ」
お安いご用、赤ん坊でもできること
「次は魚を買ってこなくちゃ」
お安いご用、1ペニーもあれば十分だ

「そしたら次は料理よね」
お安いご用、1分だってかからない
「魚を、お皿にのせましょう」
お安いご用、だってもうのってるさ

「さあさ、ここへ！　食べましょう！」
皿をテーブルに置くのはいとも簡単
「皿の覆いを取ってちょうだい！」
ところがそいつは難しい、残念ながらわたしにゃできない！

だって、覆いは糊でくっつけたよう
魚をまんなかにして、ぴたっと皿を覆ってる
ならばどっちが簡単か決めとくれ
覆いはずす？　なぞなぞ解く？

「ちょっと考えてからお答えなさい」赤の女王が言う。「そのあいだ、こちらはあなたの健康を祝して乾杯していますから――アリス女王よ、いつまでもお元気で！」赤の女王が声をかぎりに叫ぶと、客がすかさず酒を飲みだした。それがまったくおかしな飲み方で、グラスをろうそく消しのように頭にかぶせて、顔に滴る酒を飲む者もいれば、デキャンタを倒してテーブルのへりから流れ落ちるワインを飲む者もいる——そのうち3匹（カンガルーのようだ）は、羊肉のローストが入った皿に先を争って飛びこみ、グレービーソースをぴちゃぴちゃなめ始めた。飼い葉桶のなかに首を突っこむブタみたいだとアリスは思う。

「ほらほら気の利いたスピーチでもやって、みなさまにお礼を言いなさい」と赤の女王がアリスに向かって厳めしい顔で言った。

アリスが少しおどおどしながらも、おとなしく立ち上がったとき、「わたしたちが支えてさしあげなくては」と白の女王がささやいた。

「ご親切にありがとうございます」アリスもささやき返した。「でもひとりで大丈夫ですから」

「そんなわけにはいきません」赤の女王がきっぱりと言う。それでアリスは快く好意を受けることにした。

（「それがもう、ふたりしてぎゅうぎゅう押してくるんだから！」のちにアリスはこの晩餐会の一部始終を姉に語った際に、そう言っている。「あたしをぺちゃんこにつぶそうとするみたいだったの」）

実際のところ、スピーチをするあいだ、じっとその場に立っているのさえ難しかった——ふたりの女王が両脇からぎゅうぎゅう押してくるので、体が浮き上がってしまいそうだったのだ。「感謝の言葉を述べたいのですが、気持ちが舞い上がってしまって——」とアリスが切り出すと、気持ちばかりか体も舞い上がって、10センチほど宙に浮いていた。それでもテーブルのへりをつかんで、なんとかもう一度体を下ろした。

「気をつけて！」白の女王がアリスの髪をつかんで金切り声をあげた。「いまに何か起きるから！」

すると次の瞬間（とアリスはあとで詳しく説明したのだが）、あらゆることが、いちどきに起こった。ろうそくが天井までにょきにょき伸びていって、灯心草の畑に花火が上がったと見まごうばかり。酒の瓶は、それぞれが一瞬のうちに2枚の皿を翼がわりにくっつけ、フォークを脚にしてバタバタと、そこらじゅうを飛びまわる。大混乱のさなか、あれじゃまるで鳥みたいと、アリスはそれだけ考えるのがやっとだった。

次の瞬間、隣からしゃがれた声が聞こえた。白の女王に何かあったかと思って振り返ると、隣には女王ではなく、羊のもも肉がすわっていた。「わたしはこっちですよ！」蓋付きのスープ鍋から声があがり、アリスはそちらに目を向ける。するとスープ鍋のへりで、白の女王の、いかにも人のよさそうな丸顔がにこにこ笑っているのが見えた。それもわずかなあいだで、次の瞬間にはスープのなかに隠れてしまった。

これはぐずぐずしていられないと、アリスは思った。なにしろすでに数人の客が皿の上に横たわっているし、スープのおたまはテーブルの上をひょいひょいと歩き、アリスの席にたどりつくと、どけとばかりに、いらだたしげに身振りで示している。

「もうがまんできない！」アリスは叫んで飛び上がり、両手でテーブルクロスをつかむと、えいっと力任せに引っ張った——盆も皿も客もろうそくも、ガラガラガッシャーンと床に落ちて、積み重なった。

　アリスは怒りも露わに赤の女王を振り返った。「次はあなたの番よ！」ところがもはやそこに女王はいない。赤の女王はいきなり縮んで、小さな人形ぐらいの大きさになってテーブルの上を走っていた。うしろにショールを引きずりながら、楽しそうにぐるぐる走り回っている。

　べつのときならアリスもおどろいたことだろう。しかし、いまでは興奮が頂点に達していて、何を見てもおどろかなかった。「見てなさいよ」とアリス。テーブルに着地した瓶を小さな女王がぴょんと飛び越えた瞬間、アリスはさっと手を出して、つかまえた。「あなたなんか、ぶるぶる揺さぶって、子ネコに変えちゃうから」

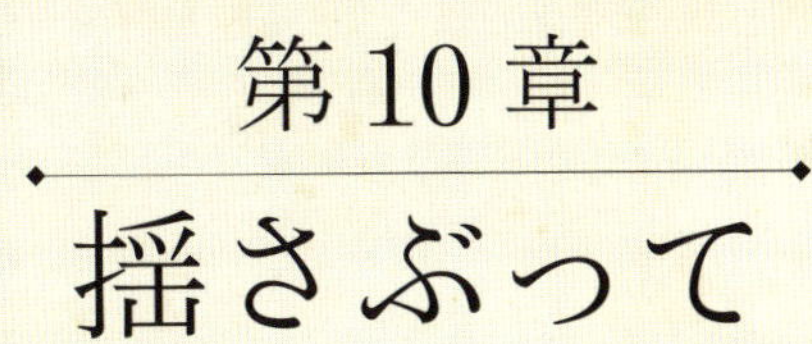

第10章

揺さぶって

アリスはそう言いながら女王を両手でテーブルから抱き上げ、前に後ろに力いっぱい揺さぶった。

赤の女王はなんの抵抗もせず、されるままになっている――顔がだんだんに小さくなっていくかと思えば、目はぐんぐん大きくなって緑色に変わっていく。さらに揺さぶっていると、だんだんに背が縮んでいき――ふっくら――ふわふわ――まるみを帯びてきて――そして――。

第11章
目覚め

——気がつけば、アリスが揺(ゆ)さぶっていたのは子ネコだった。

第12章
誰の夢？

「赤の女王陛下、そんなに喉をゴロゴロ鳴らすのはよろしくありません」
アリスは目をごしごしこすりながら子ネコに話しかけている。うやうやしくも厳しい口調だ。「もう！　あんなに面白い夢を見てたのに起こしてくれちゃって！　キティ、おまえもずっといっしょに鏡の国を歩いてたんだよ。知ってた？」

子ネコの悩ましい習性は（アリスは前にも誰かに言ったことがある）、こっちが何を言おうと、いつだってゴロゴロとしか喉を鳴らさないところだった。「“はい”のときはゴロゴロ、“いいえ”のときは“ミャー”と鳴く。そしたら、会話が成り立つのに。こっちが何を言っても同じ言葉しか返ってこない相手とどうしておしゃべりできると思う？」

そう言ってみたところで、子ネコは喉をゴロゴロ鳴らすだけ——そう思うのか、思わないのか、さっぱりわからない。

アリスはテーブルの上に散らばったチェスの駒のなかを探す。やがて赤の女王が見つかると、暖炉の前の敷物に膝をついて、子ネコと女王の駒とを向かい合わせに置いた。「ほら、キティ！」そう言って得意げに両手を打ち合わせる。「白状しなさいよ、おまえはこの女王になっていたんだって！」

（「なのにキティったら、駒を見ようともしないの」あとでアリスは姉に説明した。「顔をぷいっとそむけちゃって、駒なんてどこにもないよって、しらばっくれてるの。でもね、ちょっとバツが悪そうだったから、やっぱり赤の女王になってたんだと思う」）。

「ほら、もっとしゃんとなさい！」アリスは言いながら、おかしくなって笑い声をあげた。「言うべきことを――じゃなくて――どう喉を鳴らそうかって、考えているあいだ、片膝を折ってお辞儀をするのよ。そうすれば時間の節約になります。そう、おまえが言ったんでしょ！」そこでアリスは子ネコを抱き上げ、「赤の女王でいらっしゃった名誉のしるしにね」と言って、子ネコにチュッとキスをする。

「スノードロップちゃん！」アリスは肩越しに白い子ネコを振り返った。そちらはまだじっと我慢の子で、母ネコに体をなめられていた。「ちょっとダイナ、白の女王陛下の着つけはいったいいつ終わるの？　そうか、だから夢のなかに出てきた白の女王は、あんなにだらしなかったんだ。ダイナ！　おまえ、自分がごしごししてるのは、白の女王陛下だってわかってる？　それって恐れ多いことよ！」

「そうだ、ダイナは何になってたんだろう？」アリスはしゃべりながら敷物の上に寝そべり、頬杖をついて子ネコたちを眺める。「ねえダイナ、おまえはハンプティ・ダンプティになってたんじゃない？　きっとそうよ――でもまだ友だちには言っちゃだめよ。あたしもよくわからないんだから」

「ところでキティ、おまえが本当にあたしといっしょに夢のなかですごしていたとしたら、うれしいことがひとつあったわよ――いろんな詩を教わったけど、それに全部魚が出てきたの。明日の朝、いいことしてあげるね。おまえが朝ごはん食べてるあいだじゅうずっと、“セイウチと大工”を暗唱してあげる。そうしたら何を食べていたって、牡蠣を食べてる気分になれるから！」

「ねえ、キティ。結局あの夢は誰の夢だったのかしらね。これってほんとうに大事なことなんだから、そんなふうに足をぺろぺろなめてないで、ちゃんと考えて！　――今朝ダイナにきれいにしてもらったばっかりじゃない。ねえキティ、あれはあたしの夢か、赤の王の夢か、そのどっちかよ。あたしの夢に王が出てきたのは確かだし――王の夢にもあたしが出てきたのよ！　ねえキティ、あれはやっぱり赤の王の夢だったのかしら？　おまえ、赤の王の奥さまだったんだから、知ってるはずよ――ちょっとキティ、ちゃんと考えてよ！　足をきれいにするのなんて、あとでいくらでもできるでしょ！」けれども子ネコはしゃくにさわることに、反対側の足をまたぺろぺろやり始めるだけで、アリスの声など聞こえないふり。

　果たしてあれは、誰の夢だったのか？

おおぞら晴れて
おだやかに進む小舟(こぶね)
いかにも明るい７月の夕暮(ゆうぐ)れ

あどけない子ども３人
りはつなお目々と耳さえて
すっかりぼくの話に夢中(むちゅう)

かがやく日はとうに落ち
がんばった話し手はくたくた、でも
みんなはまだ夢(ゆめ)のなか

のをかけまわる
くうそうのゴーストのように
にんげんの目に、アリスは見えない

はてなき夢の地平の
たなびく想像(そうぞう)の雲にのって
のびやかに夢を見ている子

しずまり返った不思議の国に
かんぷう吹(ふ)きすさび
ついに夏が終わっても

たのしい夢は終わらない
かがやく金色の世界はまだそこに
いつだって人生は夢の一幕(ひとまく)

―終―

挿し絵画家からのメッセージ

『鏡の国のアリス』が最初に出版されたのは1871年、ルイス・キャロルの有名な物語『不思議の国のアリス』の刊行から6年後のことだった。それからおよそ150年がたって、この挿し絵入りの版が出版されることになった。わたしが以前に挿し絵を描いたチルドレンズ・クラシック・シリーズの『不思議の国のアリス』刊行（日本語版は西村書店より刊行）から、やはり6年がたっている。

キャロルの最初の物語に挿し絵を描いたときには、ひたすらもがいていたように思う。おそらくそれは、物語を語る彼の背中にぴたりと張りついて、彼のつくりだした想像の森に深入りしすぎたせいだろう。それから6年が経過し、そのあいだに6冊の児童文学の古典に挿し絵を入れた。そうこうするうちに、こういった児童文学の古典に、現代の子ども向けの挿し絵を入れる場合に、従来とはちょっと違う方法を学んだ。つまりはルイス・キャロルの道をたどるのではなく、彼の道と並行して、想像の森のなかに自分の通り道をつくるというやり方だ。その道を通れば、絵を描くために、彼の物語のなかに自由に入ることができ、物語の展開に合わせて前進することも後退することも自在だ。

今回キャロルの物語に挿し絵をつける仕事は、以前よりはるかに楽しく、この体験ができたことを彼にじかに感謝できたらどんなにいいだろうと思っている。

ロバート・イングペン

訳者あとがき

問題は、「言葉ひとつに、そんなにたくさんちがう意味をこめられるかということです」とアリスに言われて、問題は、「力関係だ——ぼくと言葉のどっちが強いか」と答えるハンプティ・ダンプティ。彼は言葉にたくさんの意味を担わせる場合、「特別手当」を払うと言う。そうすることで「気位が高い」動詞にまで自分の言うことを聞かせて働かせる。

この塀の上のハンプティ・ダンプティとアリスが会話をする場面は、『鏡の国のアリス』でもおそらく最も有名で、たとえ会話の内容は知らなくとも、幼いころ、何かでジョン・テニエルの有名な挿し絵に出会ったら、一瞬で脳裏に焼き付いてしまったことだろう。

本書でイングペンが描いたハンプティ・ダンプティはテニエルのそれ以上に、個性が際立っている。全身の半分の大きさを占める白くてまんまるな頭。卵のような顔に柔和な微笑を浮かべながら椅子の上にすわり、自分の頭より大きなやかんをつかむ彼の姿は、巻頭に載せられたルイス・キャロルの肖像とは似ても似つかないが、「ジャバーウォッキー」の詩の意味を得々とアリスに説明するハンプティ・ダンプティを見ていると、著者は彼に自分を投影しているように思えて仕方ない。なぜならキャロルのやっていることがまさに、言葉を極限まで働かせて、言葉のワンダーランドを出現させることなのだから。

異綴りの同音異義語や類似音をつかった言葉遊びは前作にもあったが、本作にはひとつの意味にふたつの言葉をつめこんだ「鞄語」も登場。鏡の国の道理も手伝って、噛み合わない会話がますます噛み合わなくなり、不条理な質問に返す不条理な答えに異常な説得力がある。言葉の持つ無限の可能性にめまいを起こしそうになりながら、その豊饒の世界に酔いしれる。『不思議の国のアリス』の続編として、これ以上は求めるべくもないだろう。

果たして訳者も、ハンプティ・ダンプティのように、自由自在に日本語を働かせることができたかどうか。今回は無理を承知で、言葉遊びをできるだけ日本語に移し、韻文も脚韻を踏めるところは踏み、巻末の詩も原文通りアクロスティック（折り句）で訳してみた。やはり言葉に「特別手当」を払ってやればよかったかもしれない。

イングペンの表情豊かな絵で、また新たな命を吹きこまれた150年目の「アリス」。さらにファンを増やして子どもから大人まで多くの人に愛され、末永く読み継がれることを願ってやまない。

2015年11月

杉田七重

作◆ルイス・キャロル　Lewis Carroll

ルイス・キャロルはチャールズ・ドッドソンの筆名。1832年、イギリスに生まれる。言葉遊びや謎掛けが大好きで、ゲームやパズルを自作する幼少時代を過ごし、1855年、オックスフォード大学の数学講師となる。『不思議の国のアリス』は、ヴィクトリア朝時代の有名な挿し絵画家ジョン・テニエルの挿し絵付きで1865年に初版が刊行され、子どもたちに最も人気のある物語でありつづけた。その6年後に続編となる『鏡の国のアリス』を出版し、1876年にはナンセンス詩『スナーク狩り』を発表。1898年、65歳で死去した。

絵◆ロバート・イングペン　Robert Ingpen

1936年、オーストラリアに生まれる。ロイヤル・メルボルン・インスティテュート・オブ・テクノロジーで挿し絵と装丁の技術を学ぶ。1986年には、児童文学への貢献が認められて国際アンデルセン賞を受賞し、オーストラリア勲位も授けられた。挿し絵を描いた作品には、本書のほかに『不思議の国のアリス』『聖ニコラスがやってくる！』（西村書店）や『宝島』、『ピーターパンとウェンディ』、『ジャングルブック』、『たのしい川べ』、『クリスマスキャロル』などがある。

訳◆杉田 七重（すぎた ななえ）

1963年、東京都に生まれる。主な訳書に、『不思議の国のアリス』（西村書店）、『クリスマスキャロル』『小公女』『小公子』（角川書店）、『手紙　その消えゆく世界をたどる旅』（柏書房）、『石を積むひと』『月にハミング』（小学館）、『バンヤンの木　ぼくと父さんの嘘』（静山社）、『発電所のねむるまち』（あかね書房）などがある。

鏡の国のアリス

2015年12月25日　初版第1刷発行

作＊ルイス・キャロル　　絵＊ロバート・イングペン　　訳＊杉田 七重

発行者＊西村正徳　　発行所＊西村書店　東京出版編集部

〒102-0071　東京都千代田区富士見2-4-6

TEL 03-3239-7671　FAX 03-3239-7622　www.nishimurashoten.co.jp

印刷＊早良印刷株式会社　　製本＊株式会社難波製本

ISBN978-4-89013-965-1　C0097　NDC933　192p.　22.7 × 18.8cm